GOBOOKS
& SITAK
GROUP©

致青春 038

# 戀上浪花一朵朵

（下）

酒小七　著

# 第九章
# 幸好我有你

晚上，唐一白和雲朵視訊通話時，他笑嘻嘻地對她說，「今天又被比基尼美女盯上了。」

雲朵瞪他，『下次說這句話時麻煩你哭著說，以證明你真的不喜歡被比基尼美女搭訕。』

唐一白笑道：「我確實不喜歡被她們搭訕，但我喜歡看妳吃醋。」

雲朵紅著臉輕哼，『誰吃醋，你想太多了。』

唐一白卻突然說，「朵朵，我教妳游泳吧？」

雲朵搖了搖頭，『我不想學。』

「但是我想教。」

唐一白突然想像著雲朵穿比基尼的樣子，不行了，那畫面太刺激，他要流鼻血了。

雲朵還沒有察覺到他的目的，只是有些無語，『有像你這樣的嗎……』

唐一白的目光前所未有地嚴肅，「答應我，妳一定要學會游泳，關鍵時刻能保命。」

『呃，』他這麼鄭重其事，雲朵只好點了點頭，『好吧，我自己去游泳館學就好啦，你忙你的。』

「不行！」

雲朵嚇了一跳，『你……不用這麼激動吧……』

「公共游泳池不衛生，所有人體的分泌物和排泄物都可能出現在泳池中，口水、汗水、尿液、糞便、頭皮屑、各類皮膚傳染病的病菌，我還聽說過在泳池裡撈出保險套的……」

雲朵聽得頭皮發麻，『你別說了……』

唐一白滿意地點點頭，「所以，不要去游泳館。」

『那我要怎麼學游泳，在浴缸裡學嗎？』

「我來想辦法。」

『好吧。』

唐一白心想，我家朵朵穿比基尼，當然只有我能看。

雲朵幾乎每天晚上都和唐一白視訊通話。唐一白去的時候白白嫩嫩的，去年在布里斯本曬出來的小麥色早就白回來了。可是這次雲朵發現，每過幾天他的膚色就會黑一階，直到外訓結束時，他已經完全成了古銅色，像自暴自棄的古天樂。

雲朵說，『唐一白，你真的徹底變成唐一黑了。』

唐一白還挺自戀，「是不是很性感？」

雲朵壞笑，『嗯，像個性感的烤地瓜。』

唐一白輕輕挑眉，「等我回去收拾妳。」

雲朵問道：『你什麼時候回來？』

「後天。」

『上午還是下午？我上午沒空，下午有空，可以去接你。』

「不用，太遠了，妳下班回家等我。」

『好喔。』

※　※　※

唐一白要回來的這一天，雲朵辦完事情，腳步輕盈地回家了，心情說不出的雀躍。要見到唐一白了喔，不是在手機上，是真人版的唐一白喔……

走到門口，她掏出鑰匙開門。剛把鑰匙插進鎖孔，冷不防地，門突然被人拉開了，雲朵眼前出現一個又高又黑的身影，對方伸出手臂，用力將她拉進屋裡。

「哎喲！」雲朵一陣尖叫，就這樣被他扯進去了。

砰！門被重重關上。

接著不等她反應，他已經捉住她，重重地親吻。她的後背抵著門，兩手被他緊緊扣著，動彈不得，就這麼仰著頭接受他暴風雨般的吻。他的舌頭熟練地擠開她的唇齒，伸進去，時而攪動時而吸吮，像是在急切地渴求什麼。太久不見，相思洶湧成一片汪洋，將他們兩個完全淹沒，他瘋狂地索吻，而她仰頭嘗試配合，輕輕攪動舌尖追逐他。感受到她的回應，他更加激動，粗重地喘息著，捧住她的臉蛋，深深地吻著，吻得她唇舌發麻還不甘休。

由於肺活量的明顯差距，每次這種時候，雲朵總是比他先承受不住。她別過臉，大口大口地喘氣，他低頭不願放過她，不留給她喘息的空間，只在她紅腫的唇上輕輕舔著。

雲朵突然說道：「糟糕，鑰匙！」

唐一白有點心塞，這麼浪漫的時刻她竟然還有心思想鑰匙……

雲朵推開他，開門把掛在門外的鑰匙拔下來，瞪了他一眼。

柔軟而嬌嗔的眼神，讓他頃刻間心房軟得一塌糊塗，見她走進客廳，他緊緊跟了過去。

雲朵好奇道：「二白呢？怎麼不見了？」

唐一白拉她的手，「不要管二白了。」

雲朵卻有點不放心，「你把牠弄到哪裡去了？」

「煮了，就在電鍋裡。」

「……喂！」

唐一白拉著她的手坐在沙發上，他說：「妳不要擔心，我把牠關在書房裡了。」

「為什麼？」

為什麼？因為那傢伙也不知道怎麼回事，每次看到他親她，牠都汪汪汪的，那蠢狗完全就是一個電燈泡加警報器，這種時候怎麼能讓牠在場攪局呢。

唐一白摩挲她的臉蛋，用指腹輕輕按著她的唇角，委屈地看著她，「我剛回來，妳怎麼總惦記著二白？」

「因為牠蠢啊……」雲朵雙手捧著唐一白的臉，柔聲道：「好了好了，不生氣。」

唐一白的手臂伸到沙發後面，接著取出一束玫瑰花給她。嬌豔的玫瑰上掛著水滴，特別動人。雲朵紅撲撲的臉蛋映著火紅的玫瑰，嘟著嘴巴笑，「謝謝你。」

唐一白看著她，脖子向前伸了伸，示意她應該用實際行動表達謝意。

雲朵便仰臉在他下巴上親了一下。

他卻不滿足，食指點了點自己的嘴唇。雲朵紅著臉，送上自己的香吻。來不及撤退，她已經被他扣住後腦，加深親吻。

吻著吻著，他把她推倒在沙發上，伏在她身體上與她唇舌交纏。呼吸再次變得粗重而淩亂，他下意識地摩挲著她的身軀。雲朵被吻得七葷八素，迷糊中感覺到他輕輕地聳了一下腰，她察覺到他的變化，連忙扣著他的肩膀輕輕推他。

她偏頭躲開他的吻，喘著粗氣說，「你、你又亂來啊……」

唐一白眼神迷醉，意亂情迷。他重新捉住她的嘴唇，點點滴滴地吻，一邊吻一邊含糊地說，「朵朵，想妳了，我每一天都在想妳，朵朵……」

「我也想你，你能不能先起來……」

他卻不為所動，親吻順著臉頰向下，吻著她的頸側。柔軟濡濕的觸感擦過皮膚表面，伴隨著炙熱的呼吸，使她亂了方寸。

這時，外面一陣響動，接著鑰匙插進鎖孔的聲音清晰地傳進室內。

雲朵大驚，「快起來，有人來了！」

唐一白反應比她更快，迅速站起身，她以為這樣就結束了，卻沒想到他又突然彎腰，把她抱起來扛在肩上！

雲朵：「！！！！」這是什麼情況啊！

唐一白扛著雲朵還能健步如飛，在門被打開之前火速撤離客廳，跑進了她的房間。

然後她被他扔在了床上。

客廳裡。

唐爸爸有些疑惑：「門沒鎖，豆豆已經回來了嗎？」

路女士點頭：「應該是。」

唐爸爸揚聲叫道：「豆豆，豆豆？」

路女士制止他：「別叫了。」

「老婆妳發現了什麼？」

「沙發還是熱的。」

「所以說？」

「所以說他應該在躲我們。他一個人沒必要躲我們，那麼雲朵應該也回來了。」

唐爸爸恍然，「所以……？這臭小子！」

路女士抱著手臂，「現在的問題是，二白被他弄到哪裡去了？」

兩人最後在書房找到了二白。二白被關起來，心情不好，把書房弄得亂七八糟，有人發現時牠就藏在窗簾後面假裝沒有人能看到牠。問題是牠只藏了腦袋，把屁股留在外面，瞎子也看得到牠。

唐爸爸感嘆道：「感覺我們成了電燈泡。」

路女士也有點無奈，「年輕人談戀愛就是討厭。」

此刻，房間裡。

唐一白把雲朵壓在身下，溫柔地親吻她。雲朵的臉燙得要命，渾身發軟，她小聲說道：「叔叔阿姨都回來了，你不要這樣啊……」

他抓著她的手，探進他的衣服裡，輕輕地摩擦。他開口，「朵朵，朵朵……」聲音沙啞，一遍遍地哀求。他的眼睛瞇著，純黑的眼睛像暖春融化的湖水。因為強忍著，額角已經沁出細密的汗珠。雲朵感覺自己整個人都要燒起來了，她想抽回手，可惜力氣已經完全流失。手掌便蓋在那火熱而緊繃的肌肉上，她此刻完全可以想像到那裡的情形，窄窄的腰身，完美而清晰的腹肌……

外面叔叔阿姨的存在讓她感到驚慌和害怕，讓她不知所措，只想遠遠逃開。而眼前他的渴求卻又寫了滿臉，他的聲音那麼低微和柔軟，撞進她的心口，化作柔情萬點包裹住她。

「朵朵，妳幫幫我，好不好？」他吻著她的鼻尖，小聲哀求她。

「唐一白……唔……」

他不想聽到她的拒絕便堵住了她的嘴巴。他抓著她的手，順著小腹向下，一路向下伸進運動長褲裡。

雲朵本能性地害怕，嚇得縮手，他卻阻止她，牢牢地扣著她的手，按在那裡。他微微挺動腰身，磨蹭著她的手，眉毛擰起，旋即又舒展，瞇著眼睛，像是舒服，又像是不太舒服。他鼻端散著若有若無的輕哼，她看到他額上的汗越來越多，他啞聲喚她，「朵朵，幫我好不好？求求妳……」

雲朵覺得自己此刻也要化成了水，化在他的身上。心弦鼓動，血液在身上流竄，她張開手，覆蓋住那裡。感覺到掌心有點濕，她舔了舔嘴唇，試著「幫助他」。

毫無章法的動作，卻換來他舒服的悶哼。

唐一白瞇眼感受她柔軟手指的刺激，從來沒有這麼舒服過，甜美得像花海，熱烈得像太陽，澎湃著，像一浪高過一浪的大海淹沒他。酥爽的電流傳遍全身，每一根毛髮都在快樂地顫抖。他看著她像花瓣一樣的容顏，親吻她，嗅她身上的芬芳。挺著腰身配合她，扣著她的手小聲指引。

後來，他繃著身體，兩眼失神，像是被按了暫停鍵一樣定格住。

雲朵知道他在做什麼，羞得臉頰滴血。

然後他身體放鬆下來，舔舔嘴唇，滿足地望著她。因經歷過情事，他的眼眸覆著一層水光，上挑的眼尾有淡得幾乎看不清的紅色，像淡粉的小花瓣飛過。

「朵朵，」他喘著粗氣叫她，聲音愉悅而沙啞地說，「我覺得自己到了天堂。」

雲朵一動也不敢動，低著頭不看他也不說話。她的手還停在他衣服裡，手底一片濕熱黏膩。趁他鬆懈時，她抽出了手。

然後坐起身，紅著臉伸手去搆床頭櫃上的衛生紙。

唐一白的手比她長，一伸手，先拿到了。他抽了幾張紙，捉住她纖細的手腕，仔仔細細地幫她擦拭。

他的動作特別慢，無形中使這個過程變得格外漫長。雲朵害羞得不知如何是好，催促地看他一眼，卻發覺他正望著她，眉角如柳枝般低垂，目光溫柔，像月色下盛放的蓮花。

擦完她的手，唐一白捧著她的臉蛋親了親，然後低聲說，「等我一下，我先去換衣服。」

雲朵也不知道是不是自己太敏感了，總覺得他每一個動作、每一句話都像在調戲她……

她去洗手間，路過客廳時看到路阿姨正坐在沙發上看手機。

見到雲朵，路阿姨只笑了笑，「回來了？」

「嗯。」雲朵怕路阿姨問她別的，不敢停留，趕緊躲到洗手間裡。

唐一白換好衣服後，神清氣爽地走出來，看到他媽媽時假惺惺地說，「媽，您這麼快就回來了？」

路女士老神在在的，不打算揭穿兒子。

然後唐一白和雲朵出門約會了。他今天晚上就要歸隊，歸隊後又有冠軍賽的賽前集訓，時間緊迫，這時候一定要抓住機會多和她待一會兒。

這也是隊裡不建議運動員談戀愛的原因之一。運動員的時間太緊湊了，能騰出來陪女朋友的時間更少，談戀愛也談不好，還有女朋友耐不住寂寞，和別人劈腿的，多影響情緒啊。

小情侶約會去的地方也就那幾個。唐一白和雲朵出門去了電影院，兩人看海報選電影，最後選了個愛情喜劇片。海報上說這個喜劇片每隔六十八秒鐘就有一個笑點。

他買了爆米花和果汁給雲朵，雲朵買了一瓶礦泉水給他。

好吧，他永遠是礦泉水的待遇。

電影開始了，唐一白發現整個電影院就只有他們兩個人，花兩張票錢就享受了包場，簡直太不可思議了。然後等他看了幾分鐘電影，他終於明白了何謂偶然性背後的必然性。

這種爛得超過底線的片子還有人看，已經算是終身成就了。編劇想要逗觀眾笑的心情是何等迫切，幾乎要突破螢幕，噴到人臉上，然而他的笑點設置又是何等低級，讓人根本不想看。不只不想看，連聽都不想聽。

唐一白覺得無聊了，便開始騷擾雲朵。摸摸頭，親兩下，見她不理他，他便搶走她的爆米花，不給她吃。他手長，把爆米花舉起來，讓她搆不著。

雲朵有些無語，「你幹嘛？」

「親我一下就給妳。」

「無恥，這裡是公共場合，有沒有公德心？」

「這裡又沒人。」

好吧，周圍確實一個人都沒有，雲朵只好在他臉上親了一下，然後伸手，「給我。」

唐一白一動也不動，「沒有誠意，再來。」

雲朵親了好幾下才終於被他判定為「有誠意」，然後他收回手，把爆米花摟在懷裡，還是沒有給她。

雲朵：(╯‵□′)╯#

唐一白捏了一顆爆米花遞到她嘴邊，「給妳。」

雲朵張嘴，舌尖一捲，吃到嘴裡。

於是他就這樣一顆一顆地餵她。唐一白特別喜歡「投餵女朋友」的行為，看著她鼓著腮幫子吃得起勁，像隻快樂的小松鼠，心裡滿滿都是成就感和幸福感。他建議每一個男人都要嘗試一下這項有益身心的活動，當然前提是你要有個女朋友……

餵了一會兒，他突然壞笑著，什麼也沒拿，直接把指尖伸到她唇邊。

雲朵看也沒看，張嘴叼住，舌尖微微一捲，想把嘴邊的東西往嘴裡拖。

然而拖不動……

定睛一看，是他的手指頭。她氣得拍開，瞪他一眼。

唐一白卻目光沉沉地盯著她。

雲朵臉龐微熱，扭頭不理會他，自己拿果汁喝。

過了一會兒，唐一白又拍拍她的肩膀。雲朵偏頭看他，只見他用雙唇夾著一顆爆米花湊近她，眼睛笑吟吟的。見她愣著不動，他低下頭，把爆米花堵在她唇上，擠了擠，擠進她嘴裡。雲朵不得不膜拜了。一桶爆米花而已，被他玩出這麼多花樣，這是只有神經病才有的思維廣度啊……

電影播放完後，雲朵嘆了一句，「這電影太差勁！」

唐一白說，「我覺得還不錯。」

「啊？」雲朵不敢相信。

唐一白解釋道：「爛片有爛片的好，正因為它太無聊，我們才能專心致志地在這裡談戀愛。」

……邏輯如此深刻，令人無法反駁。

※　※　※

唐一白很快就回到了國家隊，開始了緊鑼密鼓的集訓。

不久之後要進行的冠軍賽才是每年一度的真正大練兵，今年的冠軍賽主要是世錦賽的選拔比賽，唐一白、祁睿峰等名將都已經拿到了國家隊內部的名額，只要比賽成績達到世錦賽的標準就可以參賽。

與此同時，諸如日本、澳洲等游泳大國也相繼進行了世錦賽選拔賽，他們的競爭比中國還要殘酷一些，一賽定輸贏。

對運動員來說，冠軍賽檢驗的不只是成績，也是比賽狀態的調整。所以就算成績上沒有很大的壓力，唐一白也不願懈怠，訓練時和往常一樣刻苦而認真。

伍勇對唐一白的表現比較滿意。之前看到他和雲朵那個小女孩甜甜蜜蜜的，伍勇還老是擔心他會因為戀愛而分心，現在嘛，至少目前為止看不出這種端倪。

平時幾個教練閒聊時也會八卦他們的隊員。大家一致認為，整個男子游泳隊最有天分的運動員非祁睿峰莫屬，而如果是最有大將風度的，一定是唐一白。唐一白是典型的大賽型選手，越是重大的賽事成績越好，到目前為止在比賽中唯一一次的失誤，是在去年亞運會上的五十公尺自由式決賽搶跳出局，但那次失誤之後他狀態調整得特別快、特別好，第二天就火力全開，之後越戰越勇，簡直是逆天的節奏。

伍勇忍不住想起幾年前唐一白被禁賽後非要改練自由式，他覺得孩子是遭受到打擊了胡鬧，所以根本不同意。然而唐一白的堅決讓伍勇也沒轍，最後只好由他去。

那個時候，伍勇真的想放棄他過。這個想法其實很有道理，如果遇到一個理智一點的教練，說不定真的就放棄了。一個運動員，三年不能比賽，還斷了腿，很可能再也找不回巔峰狀態，然後又自己找死的不務正業……國家隊資源有限，教練精力有限，如果把這樣一個運動員放生，誰也不會說什麼。

但是伍勇狠不下心。多好的一個孩子啊，又聰明又伶俐，悟性也好，心腸也好，只是倒楣了一點，被豬隊友坑了。孩子做復健時疼得滿頭大汗，卻一聲都不吭，咬著牙堅持做完，護理師都喊停了他還不停，他說他想早點好，想早點回去游泳。伍勇聽了都想哭，特別想把那個不知去向的林桑抓回來打一頓。

後來伍勇和唐一白深談了一次，得知唐一白很堅決，伍勇也就不再試圖把他勸回來。自由式就自由式吧，大不了讓他自己意識到游不好，然後放棄。當前最重要的是讓他懷抱希望，好好養傷。

由於唐一白是在成熟期轉型，隊裡幾乎沒人相信他能走多遠，最相信他、支持他的是祁睿峰。而祁睿峰對唐一白的信任簡直毫無理由。

後來，在眾多不信任的目光中，唐一白一點一點堅持下來，成績一天一天有了起色。他失意時從不沮喪，得意時也絕不猖狂，淡定得像一棵樹。

伍勇非常慶幸自己當初沒有狠下心。

※　※　※

唐一白滾回了國家隊，每天忙成狗，連出大門的機會都沒有。而雲朵最近也忙，報社的記者總是很短缺的樣子，新人的流動率又大，她三五不時就被調去別組當救火隊員，自己的本職工作還要顧好。一個人當兩個人用，別提多辛苦了。

直到冠軍賽的前兩天，她才稍微放鬆了一些，早點下班去找唐一白。

走出公司，她先去飲品店買了兩杯鮮榨果汁，一杯柳橙汁、一杯石榴汁。

然後提著果汁在路邊攔計程車。

林梓開著車經過，搖下車窗看她，「雲朵，妳要去哪裡？順路的話我送妳吧。」

雲朵搖了搖頭，「謝了，不過我要去游泳訓練基地，我們不順路，所以不用了。」

林梓歪頭問道：「去找唐一白？」

雲朵低頭笑了笑，嬌羞如含苞待放的花朵。林梓見她如此，眸光微動，笑道：「我送妳吧，反正閒著。」

「那就麻煩你啦。」

「跟我客氣什麼，誰叫妳是我老大呢。」

雲朵坐上車後，把兩杯果汁放在杯架上，林梓看看果汁，問道：「買給他的？」

「嗯。」

「雲朵，妳從來沒請我喝過東西。」他說著，略有不滿地看著她。

雲朵笑道：「是嗎？下次有機會請你。」

「不用下次了，就這次吧。我要喝雪梨汁。」

「啊？喔，好，你等我一下，我去幫你買。」

林梓要開車送她，她覺得自己請他喝杯果汁再好不過，於是果斷下車去。

車裡的林梓望著她的背影，見她走遠了，他摸進懷裡，掏出一包白色粉末，把那兩杯果汁的蓋子都打開，看到一紅一黃。

耳邊不禁想起小桑的話：「哥，一白竟然喜歡喝石榴汁，哈哈，一個大男生喜歡喝石榴汁，好奇怪。」、「哥，我今天買了石榴汁給他，他很高興，讓他吃藥都乖乖吃了。」……

林梓臉色陰沉，把白色粉末全部倒進了紅色的石榴汁裡。

雲朵提著雪梨汁回來時，並沒察覺出任何異樣。然而當她下車，提著果汁走進游泳訓練基地的大門時，她的老毛病又犯了。

石榴是秋天成熟的，而現在是春天，把石榴從秋天保存到春天，其中要加入多少防腐劑啊？一定對身體特別不好。如果唐一白喝了石榴汁拉肚子怎麼辦？他過兩天就要比賽了……

嗚嗚嗚，還是不要給他喝了，現在唐一白飲食的容錯率是零，千萬不能有閃失。

想到這裡，雲朵把石榴汁扔進了路旁的垃圾桶。唉，浪費食物感覺像是在犯罪。

但那又怎樣，為了唐一白，她願意犯罪。

因為雲朵來過好幾次了，所以警衛也不攔她，有和伍教練那邊提前打招呼就好。身為一個記者，雲朵就這樣堂而皇之地走進了訓練室。

剛好唐一白今天下午的訓練結束了，滿臉汗水，連T恤都被打濕了。見到雲朵，他輕輕刮了一下她的鼻尖，笑道：「等我洗個澡。」

雲朵說，「頭髮吹乾再出來。」

「好。」

伍總在一旁嘖嘖搖頭，「哎呀呀，有女朋友管就是不一樣。」

洗完澡，唐一白一身清爽地把雲朵領走了。雲朵不想耽誤他晚上的訓練，所以兩人選在隊裡的食堂吃晚飯。

看吧，和運動員談戀愛就是這麼坑，約個會只能去食堂。

當然，既然來到國家隊，她和唐一白怎麼可能單獨約會呢，一定有DP-boys圍觀……

向陽陽很興奮，幫雲朵盛了很多菜，唐一白看得直皺眉，「陽姊，我女朋友來找我，妳興奮個什麼勁？」

祁睿峰說，「向陽陽暗戀你女朋友。」說完就遭受到向陽陽的毒手。

唐一白瞇著眼睛看向陽陽，「陽姊，不會是真的吧？」

向陽陽怒道：「神經病啊你？我也是女孩子！怎麼可能暗戀另一個女孩子！」

明天恍然大悟地拍著腦袋，「啊，原來陽陽姊妳是女孩子？天啊，我認識妳這麼久才知道妳是個女孩子！陽陽姊，妳快把小丁丁藏好啊，不要被發現，妳可是女孩子！」

「明、天！！！！！」

接著就是向陽陽全場追殺明天了。

雲朵被這群活寶逗得樂不可支，不知不覺就吃了好多東西。

飯後有一點休息時間，唐一白把雲朵帶回宿舍。回去之前，他一再警告DP-boys不要跟過來，還讓祁睿峰去找別人玩，不要回宿舍，搞得那四個人看他們倆的眼神要多猥瑣就有多猥瑣，雲朵都不知道該怎麼解釋了。她真的只是想和他單獨待一會兒啊！

唐一白他們的宿舍很寬敞，陳設有些簡陋，就顯得室內更寬敞了。作為知名運動員，他和祁睿峰現在其實都可以住單人房，不過兩人也沒有要改的意思，反正已經習慣了。

祁睿峰有一次不經意間透露了這件事情，好了，自己惹出來的，CP粉們比吃了興奮劑還嗨……

算了，提都不想提。

唐一白把雲朵拉進屋子先親個夠本，在雲朵喊停之後他搬了兩張椅子到陽臺前，兩人坐在那裡看窗外的風景。外面有人在散步，竟然還有小孩子。雲朵問：「不會真的有『國家隊附屬幼稚園』這種東西的存在吧？」

「這附近確實有個幼稚園，但名字不是這個。妳看，對面是家屬大樓，教練和運動員的家屬住在裡面，有小孩子不奇怪。」他頓了頓，看她一眼，「其實妳也可以住裡面的。」

雲朵臉一紅，「我不要，離公司太遠了。」

「不對，妳不能住，」唐一白突然又搖了搖頭，「住家屬大樓要辦手續，我們沒有結婚證書，人家不會讓我們辦。等我們結婚，妳就可以住進來了，然後我們的孩子就在附近上幼稚園……」

雲朵連忙打斷他，「什麼孩子不孩子。」

唐一白點點頭，「對，我們的小孩可能不會在這裡上幼稚園。妳想，小孩能上幼稚園要好幾年以後了，那時候我應該已經退役了，還不知道在做什麼。」

「大哥，你想得有點遠啊……」

「朵朵，我每天訓練很無聊，沒事就想想這些，陶醉一下，可以減輕疲勞。」

雲朵突然好同情這些運動員，訓練辛苦，娛樂生活只能靠臆想，生活品質直追精神病人。所以她怎麼可以剝奪他唯一的娛樂呢？於是她果斷豎起大拇指，「想得好！」

唐一白眯眼盯著她看了一會兒，突然說，「朵朵，我剛才好像吃太多了。」

雲朵有點急，「啊，那怎麼辦？有胃藥嗎？」

「沒有。不然，妳幫我揉揉？」

「好吧，不過我也不太會啊，如果不管用，你就去找隊醫。」

「好。」唐一白說完撩起T恤，露出腹部。

雲朵有點囧，「隔著衣服就好了。」

「這樣看得比較清楚。」

她也就不再說什麼，找到他的胃部，輕輕按了按，感覺也不是很硬便稍稍放了心，輕輕揉著，目光也就自然而然地落在他的腹部。漂亮整齊的腹肌使她怦然心動，肚臍往下的小腹上長著一撮稀疏的毛髮，一直延伸至長褲邊緣。

她看得一陣心虛，連忙移開目光，抬起頭，恰好對上他帶著溫度的視線。他盯著她的臉，嘴唇微微張開，吐著火熱的氣息。雲朵從他臉頰上湧動的淺淡潮紅中，敏銳地察覺到不尋常，垂眼一看，嗚嗚嗚，又在發情！

唐一白抓著她的手向下按。他食髓知味，嘗試過一次就記得了，怎麼捨得錯過。

雲朵連忙縮手，「你過幾天還要比賽呢，你能不能先安心比賽啊！」

唐一白扣著她的手，喘息著看她，「妳不幫我我就會憋壞身體，憋壞身體怎麼能好好比賽呢？」

「你……」這是什麼狗屁理由！

然而，雲朵最後還是幫他了。他渴望地看她，眼睛裡一片哀求，特別像離開水的魚，好像她不幫他他就會渴死……她就是被他這個樣子欺騙了，實在拒絕不了，就……幫了……

雲朵紅著臉走出他們的宿舍，跟在唐一白身後。

唐一白想送她回去，但是又不能撇下訓練，於是想了個折衷的辦法，那就是讓雲朵去看他訓練，等訓練完他再送她回家。

雲朵問唐一白，「我會被很多人看到吧？剛才在食堂就有好多人看我。你要怎麼跟他們解釋？」

「不用解釋，他們都猜到了，妳是我女朋友。」

雲朵驚道：「那怎麼辦？我們會不會被曝光啊？」

唐一白揉著她的腦袋安撫她，「應該不會。」

雲朵更覺得奇怪，「運動員們都這麼守口如瓶嗎？我記得他們挺八卦的啊。」

「八卦也只是在內部八卦，不會對外面說的。因為隊裡已經下了規定，不讓他們隨意對別人講起我的隱私，如果違反被抓到，可能會受罰。」

雲朵佩服了，「國家隊真的很人性化耶，連這種事都管。」

唐一白笑道：「也不是每個人的私事都會管。主要是因為我現在有點商業價值，可以幫隊裡賺不少錢，所以隊裡比較重視這個。」

兩人到了泳池，伍勇看到雲朵倒也不意外，讓雲朵坐在一旁看。

雲朵看著唐一白像條美人魚在清澈蔚藍的池水裡游來游去。伍勇覺得唐一白這次的訓練狀態相當不錯，扭頭看看雲朵，心內了然。有女朋友在就是不一樣啊……伍勇再次感嘆。

又一圈下來，唐一白停在池邊，扶著池壁朝雲朵擠眉弄眼。她抿著嘴笑，假裝沒看到他。

伍勇站在池邊，朝著水裡的唐一白冷笑：「臭小子划水不用手，全靠浪！」

※　※　※

今年的冠軍賽是在S市舉行。

作為全民偶像，唐一白已經粉絲成群，有他比賽項目的時間段，門票總是早早就被搶購一空。一些沒搶到票的粉絲成群結隊地在游泳館外面等著，久久不願離去，也不知道在期待什麼奇蹟出現，或者只是單純地想離偶像近一些。

雲朵拍下排在售票口外的長長人龍，以證明「泳壇熱度依舊，形勢一片大好」。拍完照片後她猥瑣地想，要是趁這個時候轉賣唐一白和祁睿峰的比賽門票，一定能發一筆小財。

唐一白在這次的冠軍賽男子一百公尺自由式的決賽成績是47秒90，比去年的最好成績47秒74差了一些，不過這也不能說明什麼問題。

47秒74是在亞運會上游出來的，其實如果把他當時混合式接力最後一棒的成績也加入對比，這個數字也不算他的最好成績。但亞運會和冠軍賽不是同個級別，自然也會催生不同的發揮。對於這些已經拿到入場券的運動員來說，冠軍賽只是一個調整狀態的時刻，真正的重頭戲是今年夏天的世錦賽。最好的狀態，自然要留在最重要的比賽中。

不過，從世界範圍來看，47秒90在今年排世界第三，算是個不錯的名次。排在他前面的兩個人分別是澳洲名將桑格，和前奧運冠軍埃爾蒲賽。

桑格是上屆奧運會一百公尺自由式的亞軍，本身就實力超群；埃爾蒲賽因為年齡問題，狀態下滑，但畢竟他已經拿過兩塊奧運金牌了，今年的最好成績只比唐一白快0.06秒。除了這兩個人，法國小將貝亞特以47秒91的成績位列第四，和唐一白相差無幾。貝亞特去年在澳洲和唐一白有過一點不愉快，當然了，唐一白覺得這點小事完全不用放在心上。

這三個人當中，與唐一白最具有競爭關係的是埃爾蒲賽和貝亞特，三人的成績比較接近。當唐一白的名字和埃爾蒲賽放在一起時，許多人免不了想起一年多前那次發表會的烏龍。

那個時候，有多少人認為「唐一白要挑戰埃爾蒲賽」這件事是譁眾取寵，而現在，這個凝聚了無數人希望的運動員離那位當世名將也只有一步之遙。

甚至，連一步都不到。

有記者再次向唐一白提起此事時，唐一白微微一笑，「我現在要挑戰的是桑格，我的目標是世界冠軍，一直都是。」

記者對這樣的回答感到意外。

總覺得唐一白變得猖狂了……

而唐一白的粉絲看到這段採訪之後，一律激動得不要不要的：嗷嗷嗷，我白少酷帥狂霸跩！白少你來酷愛我，來娶我！

伍勇得知此事後，責備唐一白，「你怎麼現在嘴巴也欠人看著了？桑格的狀態正處在巔峰時期，想贏他談何容易，你現在誇下海口，到時候要是輸了，看誰被打臉。」

唐一白滿不在乎，「打臉就打臉吧，我臉皮厚，不怕被打。」

唐一白的目標太高，時間緊迫，伍勇連假都不給他，冠軍賽結束後歸隊，直接下泳池。以前這種時候他還能回家一趟。這次他迫切地想回家看看雲朵，還拉下臉去問伍勇，伍勇抖著鬍子冷笑著問他：「你還想不想贏桑格？想的話，就給老子把兒女情長先放一邊！女朋友在那裡待著丟不了，金牌可是隨時會長翅膀飛走的！」

於是他都無法抓住機會回家和雲朵約會，只能等雲朵有空來找他了。

可是在公共食堂吃個飯、在操場散個步，頂多在宿舍單獨親密一下，這算哪門子約會！

就這麼過了一段淒淒慘慘的日子，伍勇也有點看不下去了。

接下來唐一白的行程只會更緊張，五月上高原，六月再次去澳洲外訓，七月國家隊集訓，八月世錦賽正式打響⋯⋯如果他現在沒時間和女朋友約會，以後只怕會更加沒時間。一連三個多月，算上之前的一個多月就是四個多月了，連一天時間也不給他們？

太狠了，本王做不到啊！

所以這天唐一白從泳池出來時，伍勇面無表情地告訴他：「明天放你一天假。注意，只有一天，然後你接下來三個多月都要給我踏踏實實地訓練，不許有任何雜念，聽到沒有？」

唐一白喜出望外，「好，一定！伍總謝謝您！」

說完轉身就跑。

伍勇喊道，「明天才放假，你現在急什麼？」

「我今晚就回去！」

「呿！」

伍勇不屑地翻了個白眼，隨即搖頭笑了笑。

唐一白沒有提前告訴雲朵，想要給她一個驚喜。他叫了輛車回家，計程車快到目的地時卻突然停下來。唐一白有點疑惑，「怎麼了？」

計程車司機有點無奈，「前面施工，不能走了。奇怪，怎麼會有施工呢？我們只能繞路了，我先看看怎麼掉頭。」

唐一白說道，「沒關係，也不遠了，就在這裡下車吧，大哥您自己掉頭出去吧。」

因為把這位司機弄進了死巷裡，唐一白挺不好意思的，多給了他五塊人民幣當小費。

下車後繞過那個「前方施工，車輛繞行」的牌子，走了沒多遠，他突然聽到有女人的哭聲。唐一白扭頭往旁邊的巷子裡一望，隱隱約約看到的畫面嚇了他一跳。

兩個男人正圍著一個女生欺負她。其中一個按住她，手伸進她的衣服裡摸，另一個正在解她的褲子。女生哭著求饒，那兩個人渣哪肯放過她。

唐一白看得火大，剛要上前，想了想，還是掏出手機先報了警。接著他抓了一塊板磚藏在身後，走過去高聲喊道，「你們在幹什麼？放開她！」

其中一個男人扭頭看到唐一白，呸了一口，「多管閒事！」

唐一白這時才發現，那兩個男人竟然都戴了面罩，只露出眼睛和嘴巴。他握了握身後的板磚，語氣鎮定：「放開她，我可以假裝什麼都沒看見。」

男人果然放開了女孩。另一個人見他鬆手，也跟著鬆了手。這個男人看著唐一白，突然從腰後面抽出一根鐵棍，「上！揍死他！」

兩人揮著鐵棍，齊齊撲向唐一白。

他們人多，還有武器，而唐一白只有一塊板磚，所以他沒有硬碰硬，轉身就跑，希望把這兩人帶到外面大街上。身高優勢擺在那裡，他有自信能跑過他們。

然而就在此時，巷口又來了一個人，也是戴著面罩拿鐵棒，堵住了唐一白的去路。

這陣仗，讓唐一白非常懷疑他們是有備而來的。

然而他來不及細想，只見三個手持武器的男人撲上來，舉著鐵棍就往他身上招呼。

唐一白反應快，躲了幾下，捱了兩下。他顧不得疼，抓住機會勒住一個男人的脖子，拿板磚直往那個人的面門打，打得他滿臉是血。

可惜的是並沒有打暈。三人急了，其中兩人扔掉鐵棍——包括滿臉是血的那個，然後直接抱住唐一白不讓他躲，對另一個人嘶吼，「打他！」

另一個人握著鐵棍，沒打唐一白的腦袋，也沒打他的肚子，而是朝他的手腕用力一揮。

唐一白掙扎著躲了一下，卻沒有躲開，鐵棒揮在他的手腕上，一陣鑽心的疼痛刺激著大腦皮層，他忍不住悶哼一聲。

絕望遍布全身，不只是因為疼。因為那是手，是游泳運動員身上最重要的地方。

就在這時，外面響起了由遠及近的警笛聲，三個歹徒馬上抓起鐵棍跑了。

唐一白疼得滿臉是汗，靠在牆上喘氣。

他的右手一動就疼，感覺很糟。他用左手輕輕托著右手，朝著巷口的警察高喊，「警察先生，這裡。」

幾個警察很快就走過來，看到唐一白渾身是血，臉色慘白，以為他受了重傷。其中一個警察問道，「剛才是你報的警嗎？」

「對，是我。歹徒已經跑了，這裡還有一個女生，」他說完，朝不遠處那個女生待的地方望了一下，卻什麼也沒看到，「呃，她也走了。」

警察問，「你現在能走路嗎？我先幫你叫救護車。」

「不用，這血不是我的。我傷到手了，可能需要去趟醫院。」

「我們送你。」

「好，謝謝。那個，我是個運動員——」

「啊！」警察恍然，「是你，你是唐一白！」

唐一白點了點頭，解釋道，「是這樣的，我是個運動員，發生這種事情我要先通知教練和隊醫。您能幫我打個電話嗎？」

「可以，可以！」

警察從唐一白的口袋裡掏出他的電話，正好在這個時候有個來電。警察把手機舉到他面前說：「這個人打電話給你，接不接？」

「接一下，這是我女朋友。」

警察接了電話，把手機抬高放在他耳邊。警察無意偷聽別人談話，但是手機那頭女孩子的聲音清清楚楚地傳過來，他完全聽得到。

唐一白：「喂，朵朵。」

雲朵說道，『訓練完啦？』

「嗯。」

『回去了嗎？』

「回去了。」

雲朵感覺唐一白今天有點不對勁，話怎麼這麼少？不像他啊。她奇怪地說道，『你怎麼啦，不開心？』

「不是。」

『你就是不開心吧？』

「朵朵，我現在有點事，等等打給妳。」

雲朵更覺得疑惑了，『你怎麼還在喘氣呢？現在應該早就訓練完了吧？你今天加訓了？』

「對，我加訓了。」

『我才不信，唐一白你是不是有事情瞞著我？好喔，你是不是看上別人了？』

一旁的警察都聽不下去了。唐一白也真能忍，都傷成這樣了還在跟女朋友說屁話。於是警察把手機拿下來，對雲朵說：「小姐，妳男朋友受傷了。」

雲朵嚇了一跳，『你說什麼？』

「我說，妳男朋友受傷了。」

『你在和我開玩笑吧，你是誰？』

「我是警察，我沒有在和妳開玩笑，我現在要送妳男朋友去醫院，如果妳想過來看看他的話——」

『唐一白在哪裡？你們在哪裡？我馬上過去！！！』

「妳去醫院找我們吧。」

『哪間醫院？』

一句話把警察問倒了，附近當然也有醫院，但他也知道運動員的身體一絲都不能馬虎，於是猶豫地問唐一白，「去哪家醫院，要不要我送你去積水潭？」積水潭醫院是骨科名院。

可是名院也有名院的煩惱，那就是人太多了，萬一去了排不到，因而耽誤病情豈不是更麻煩。

「不用，」唐一白搖了搖頭，「把我送到附近醫院掛個急診就行，我們隊裡應該很快就會調派專家過來。現在麻煩您幫我打電話給我的教練和隊醫，告訴他們我們去哪裡，以及……我有可能骨折了。」唐一白說到這裡，目光有些黯淡。

「好。」

※　※　※

雲朵幾乎是飛著出門的。在外面攔了計程車去醫院，到的時候也只比唐一白他們晚了十分鐘左右。唐一白剛掛完急診，還沒看醫生，雲朵就來了。一眼見到唐一白身上好多血，她嚇得面無人色，淚如雨下。

一見到她哭，唐一白的心就跟著緊揪得發疼，特別想摸摸她的頭，可惜騰不出手。他輕聲安慰她，「沒事沒事，這血不是我的。我只是傷了手腕，很快就能好了。」

傷到手也不行啊，游泳划水全指望手呢！雲朵都要心疼死了，又怕他擔心，便胡亂擦了擦眼淚，低頭看了看他的手腕，只覺得好像腫了，也看不出別的端倪。

她跟著唐一白去找值班醫生，醫生問了幾句，開了單子，讓他先去照X光。

等片子的過程中，雲朵緊緊地握著拳頭，感覺特別心慌。千萬不能有事，千萬不能有事啊唐一白……

她又不敢表現出自己的緊張，怕影響到唐一白，只好假裝很淡定的樣子，心裡難過得要死。她咬著牙問唐一白，「到底是怎麼回事？」

「沒什麼，遇到幾個小流氓，打架了。」

這個理由很難令人信服，雲朵知道唐一白並非好勇鬥狠的人，就算遇到小流氓也不會主動和人打架。

果然，旁邊的警察同志插嘴說：「唐一白是見義勇為，看到有人意圖輪姦小女孩，所以出手相救。幸好他提前報警了，唐一白，你做得不錯。」

唐一白有點不好意思，「你們也不錯，出動很快。」

雲朵眼眶又紅了，「那些壞人抓到了嗎？抓到之後能不能先打斷手腳？」

警察遺憾地搖頭，「我們到的時候歹徒已經跑了，等等和唐一白瞭解一下情況，然後我們會立案，儘快抓捕歹徒。現在關鍵的是那個受害者也不知去向，她要是在的話，應該能提供不少線索。」

雲朵像是聽到了什麼笑話，「受害者也跑了？眼看著唐一白被打傷，她跑了？」

警察有點無奈地點點頭，「嗯，目前的情況是這樣。」

雲朵特別生氣，「這種人根本不值得救！」

唐一白別過臉，用下巴輕輕蹭她的額角，「朵朵，不要生氣。」

雲朵鼻子酸酸的，眼淚還是忍不住掉了下來。她搖搖頭答道，「我不是生氣，我就是心疼你。我……」越說越哽咽，也不知道說什麼好，只是眼淚撲簌撲簌地向下掉。

唐一白低頭輕吻她的眼淚，邊吻邊說，「朵朵別難過了，真的沒什麼大事。」

「沒什麼大事？少哄我！傷筋動骨一百天，一百天之後就是世錦賽，為了這次比賽你等了多久？這還叫沒大事，那什麼才算大事？」

她一番話道出了唐一白隱藏最深的擔憂。

的確，他最怕的就是這個。

準備了那麼久，期待了那麼久的比賽，不久前他才發下豪語要拿世界冠軍，現在，他卻捧著手坐在這裡，等著一場幾乎已經確定的宣判。

他怎麼可能不難過。手腕被打中的那一刻他就想到了這個後果，心頭一直籠罩著一團陰霾，無論如何也驅散不盡。可是無論他多難過，他也不想看到他的朵朵難過。

雲朵也覺得自己把話說重了，這時候她不應該提這種煩心事。她也不顧旁邊還有人坐著，捧著他的臉親了親，她說，「不管怎樣，你都是我的大英雄。唐一白，我為你驕傲。」

片子結果出來時，恰好伍勇帶著兩個人風風火火地趕來了。其中一個人是唐一白的隊醫，雲朵認識，另一個是體育醫院的骨科醫生，姓徐。他們兩個和急診的值班醫生一起看了片子，最後得出相同的結論：手腕骨裂。

唐一白得知這個結果，對雲朵說，「還好。」

雲朵氣道，「好什麼，你真的當我是笨蛋嗎？」

嚴格來說，骨裂是骨折的一種，不過骨裂沒有錯位，相對比骨折要好醫治得多。但骨裂也是骨頭出了問題啊，怎麼可能「還好」。

在一般醫生看來，這種小骨裂醫治起來沒有爭議，很容易康復。但關鍵是，骨裂的這個人是唐一白，是個游泳運動員，而三個多月之後就是游泳世錦賽。

世錦賽對唐一白的意義和別人不太一樣。他在此之前參加過的最重大賽事只有亞運會，從來沒有參與過世界性的比賽。再過一年多就是奧運會，在奧運會之前，他只有這一次練兵的機會了。對他來說，這個機會太難得，太珍貴。

而且，國家隊對唐一白寄予厚望，他是今年中國泳軍出征世錦賽，為數不多的幾個奪金點之一，也是男子四乘一百公尺混合式接力、男女四乘一百公尺混合式接力兩個團體項目的壓軸選手。（男子四乘一百公尺自由式接力，亞洲人通常會選擇性放棄。）

可以說，他的重要性幾乎和祁睿峰旗鼓相當。

誰也不願意看到他在這個時候出問題。

伍勇臉黑黑的，問徐醫生：「這個，最快多久能痊癒？還能參加世錦賽嗎？」

徐醫生答道，「參加倒是能參加，但是有一個問題，以他的情況來看，我醫治的話最快也要六週才能痊癒，這期間最好不要做劇烈運動。所以最樂觀的估計是六週以後他才能正常訓練，你覺得他在停訓六週之後，能在不到兩個月內迅速找回最佳狀態嗎？」

伍勇啞口無言。

他知道基本上是不可能的。游泳運動員一個多月不下水，相當於普通人一年多不碰水，再下水就要經過長時間的鍛鍊才能使身體各部位回歸最佳的協調狀態，才能重新激發身體的潛能。

總之，好狀態荒廢容易，建立起來難。

徐醫生嘆了口氣，「我先幫他打個石膏吧，否則錯位了更麻煩。」

伍勇已經不抱什麼希望了，氣急敗壞地念唐一白，「你怎麼這麼愛逞英雄呢？什麼事都得插手，你以為你是超人還是蝙蝠俠？看到人家那麼多人，你就傻愣愣地上去打？」

唐一白搖了搖頭，「伍總，您先別罵，我覺得這件事不尋常。」

「怎麼不尋常？」

「我懷疑他們就是衝著我的手來的。他們知道我的身分，也知道手對一個游泳運動員有多重要，他們的目的就是打斷我的手。就算我不救那個女生，他們也有別的辦法偷襲我。我現在懷疑跑了的那個女生根本就是他們的同夥。」

眾人被這個神展開震驚了。警察問道，「你為什麼這樣懷疑？你發現了什麼？」

「正好，警察先生，您能不能再等一會兒？打完石膏我們聊聊。」

「好。」

打完石膏後，徐醫生去辦了會診手續。伍勇在樓梯間裡揹著手來來回回地散步，眉頭擰成「川」字，像一塊烏雲，壓在眉心無法散去。

那位警察又叫來一位同事，一起替唐一白做筆錄。根據唐一白的陳述，這個案子很可能是一起惡意傷人事件，受害者還是個知名運動員，歹徒一棍下去，直接打掉了一塊潛在的世界金牌……無論從哪個角度來講，他們都要儘快破案。

警察走後，雲朵接到了路阿姨的電話。她有點心虛，「喂，阿姨？」

『雲朵，妳出門了？今晚還回不回來？』

「我……」

她不知道該怎麼回答，更不知道該不該把這件事告訴他們。她朝唐一白眨了眨眼睛，送去一個詢問的眼神。

唐一白搖了搖頭。這麼晚了，要爸爸媽媽過來也沒用，還會影響他們休息，明天再說吧。

另一邊，路女士察覺到雲朵的猶豫便說，『雲朵，我希望妳跟我說實話。妳現在已經不是我的租客了，妳懂嗎？』

「嗯。」

『那麼告訴我，妳現在和誰在一起？』

「和唐一白。」

路女士沉默了一會兒，問她，『你們，在飯店？』

「不是……」

『不在飯店，那在哪裡？』

雲朵有些無奈，她不敢騙路阿姨，便實話實說了，「在醫院。」

路女士突然有很不好的預感，聲線陡然變緊，『到底怎麼回事？』

雲朵嚇得臉色白了一下，唐一白朝她伸出手，接過電話：「媽，對……沒事，不小心傷到……骨裂了，已經打好石膏了，醫生說問題不大……你們不用過來了……好好好，妳是我親媽，絕對是……嗯，路上小心點，車別開太快。」

掛斷電話，唐一白朝雲朵笑了笑，「妳很怕我媽？」

「也不是，」雲朵撓了撓後腦勺，「就是，她的氣場挺強的。」

其實就是怕啊……

唐一白此刻正在病床上靠牆坐著，長腿交疊放在窄小的床上，恐怖的染血外套已經脫掉了，雲朵怕他冷，想幫他蓋被子，他卻不樂意。他覺得蓋被子顯得太虛弱，像個真正的病人。

雲朵說，「你現在就是個病人！」

唐一白歪頭打量她，輕聲說：「過來。」

「做什麼？」雲朵走過去，坐在床邊。

他抓著她的手，輕輕攏著。掌心勃勃的熱量透過皮膚傳遞到她的肌骨裡，他說道，「妳看，我一點也不冷。」

雲朵也不知怎麼地，眼眶紅了紅。她覺得自己此刻太脆弱了，不像話。

她說，「萬一是發燒呢？」說完抽出手，摸了摸他的額頭。

唐一白乖得像個孩子，任由她試探。她試探完畢要收回手時，他一把扣住她的手，拉到唇邊輕輕吻她的掌心。

雲朵的淚水就在眼眶裡打轉。她其實寧願唐一白發火罵人，她願意充當他的出氣筒，只要他心裡能好受一些。但他沒有，他把委屈都壓在自己心裡，然後用這麼溫柔的方式安慰她。

雲朵的淚珠又滾落下來，哭著對唐一白說，「你怎麼這麼傻啊？」

唐一白鬆開她的手，輕輕撫她的髮頂。一直想這樣做，現在終於騰出手了。他揉著她的髮絲說，「朵朵，妳把我的話當耳邊風了。我說過妳一難過我就比妳還難過，妳看妳根本不信。」

「我信，我不哭了，」雲朵說完，抬起袖子胡亂擦著眼淚，一邊擦一邊流，最後她痛苦地說，「唐一白，你要怎麼辦啊？嗚嗚嗚……」

「朵朵，幾年前我被禁賽時，我比現在絕望得多。後來我不是挺好的？別擔心，現在這個情況沒那麼糟，最壞的結果也只是不能參加世錦賽，明年奧運會我一樣可以捲土重來。」

「可是，你從來沒參加過世界級比賽，這一次……」

「不要想那麼多，事情既然已經發生了，就該無條件承受後果。不能參加世錦賽是一種遺憾，但這不代表我奧運會贏不了。我剛改練自由式時，除了峰哥，連伍總都不相信我能游出好成績。現在我不是一樣做到了？這世界很神奇，它超乎妳的想像。不要總是擔心未來，妳沒有那個想像力，根本想不出未來會是什麼樣的。」

雲朵咬著嘴唇不說話。

唐一白突然笑了笑，他說：「而且，我現在有妳。」

雲朵突然起身，彎腰捧著他的臉重重親了一下，她直起腰，目光無比堅定地看著他，「唐一白，我相信你。我比相信我自己更相信你。」

唐一白牽了牽嘴角。

伍勇站在病房外，門是開著的，他象徵性地敲了敲，然後有氣無力地說，「你們倆還真放心啊，這種時候還能卿卿我我。」

唐一白說，「你是單身漢，你理解不了。」

「你……小兔崽子，你氣死我了。老子不理你了！」伍勇說完掉頭就走，過沒一分鐘，他又回來了，問唐一白，「我說，你今天就住在這裡了？」

唐一白答道，「看情況，我等等問問隊醫，能離開的話我想先回家。」

這時，雲朵的手機又響了。她看到來電顯示是陳思琪。

陳思琪也不拐彎抹角，雲朵剛接起電話，她就在那一頭吼起來，『雲朵，你們家唐一白是不是受傷了？』

雲朵有點疑惑，還好她機智地沒有承認也沒有否認，只是說，「妳從哪裡聽來的？」

『有人PO上網了，說得鉅細靡遺，連醫院是哪一間都說了，我接到主管的電話，要我火速趕到XX醫院。靠，妳快告訴我唐一白現在到底是不是在那裡？』

雲朵瞬間想到一件可怕的事情，「有很多記者都接到消息了吧？」

『應該是，所以就想提前告訴妳一聲。如果唐一白真的在那家醫院，你們快點隔離他，不許別人接近，最好是一個記者都別放進醫院。媽的，我身為一個娛樂記者竟然跟妳說這些，姊姊這輩子的高尚品質都用在妳這裡了，別說我不夠意思啊！』

「啊，好，謝謝、謝謝、謝謝妳！陳思琪妳太夠意思了，之後請妳吃大餐！」

『好了，妳盡快撐過這件事吧！記住，娛樂記者都是無孔不入的，一定要警惕！』

「好！」

掛了電話後，雲朵急忙對伍勇說，「伍教練，現在可能有不少記者正在趕往這邊，我們該怎麼辦？」

伍勇擰著眉頭，「這幫記者怎麼跟蒼蠅一樣！我先去找醫院的警衛擋一擋，過一會兒看能不能帶他去訓練局康復中心。」

雲朵點點頭。伍勇轉頭剛走出去，就看到唐一白的隊醫噔噔噔地跑過來，邊跑邊說，「快走，外面有記者！」

「哪裡？」伍勇說著，捲起袖子想去趕記者。

隊醫拉他一把，「伍教練你傻了？記者連我都認出來了，怎麼可能不認識你！」

伍勇發現自己今天確實急昏了頭，變傻了。

兩人只好去醫院辦公室借調值班保全，而雲朵回到病房把門拴好，然後窗戶統統關嚴鎖死，窗簾拉上。唐一白坐在床上，鎮定如常，見到雲朵拉窗簾，他挑眉，「妳要對我做什麼？」

雲朵嗔怪地瞪他一眼。那小眼神有種淡淡的蠻橫，更多的卻是嬌軟，看得他心裡癢癢的。做完這些，雲朵還是憂心忡忡的，「醫院的那些值班保全可能擋不住那麼多記者，怎麼辦？」

「簡單，伍總應該很快就會僱保鏢公司的人過來。」

雲朵剛坐下，電話又響了，還是路阿姨，估計他們已經到了。

從聲音聽起來，路阿姨的心情很糟糕，她說：『雲朵，我們在住院部外面，但現在警衛擋著不讓人進來，怎麼回事？』

雲朵打算去接路阿姨他們，想了想覺得自己的這個形象對警衛來說沒有說服力，只好出門去請值班醫生幫忙。總算把唐叔叔和路阿姨接上來後，她的手機又接二連三地響起。於是她留唐一白一家三口在病房說話，跑到樓梯間接電話。

這幾通電話都是同事打來的，孫老師、錢旭東還有劉主任。內容大同小異，都是詢問情況，問雲朵能不能聯繫到唐一白或者他的教練。前兩者雲朵搪塞過去了，到了劉主任這裡，她擋不回去，因為劉主任堅持要她跟這個情況，必須拿到第一手的重大新聞。

雲朵有點火大。

劉主任還在喋喋不休地分析利弊，說來說去無非就是這個新聞對她的職業發展有各種好。雲朵深吸一口氣，說：「對不起，劉主任，我辦不到。」她做不到在這個時候還從唐一白身上攫取任何利益，她只想陪著他。

劉主任怒道，『還沒做妳就知道做不到？我看妳最近工作懈怠得很，是不是不想幹了？』

雲朵也怒了，「隨便，反正我做不到。」

『妳！妳造反了啊，誰給妳的膽子？』

雲朵直接掛了電話。

回到病房內，路阿姨對唐一白的數落也接近尾聲了。路阿姨是個面冷心熱的人，對兒子愛的表達和恨的表達差不多，唐一白只好在一旁陪笑臉，他媽說什麼他應什麼。路阿姨到最後也沒了脾氣，深吸一口氣，無奈地翻了個白眼。

雲朵小心翼翼地站在一旁，沉默。

路阿姨看她一眼，對唐一白說道，「今天晚上回去吧，你現在能下床吧？」

「能，傷到的是手，又不是腳。」

雲朵卻無奈地說，「現在可能走不了，住院部被好多記者包圍了，我剛才問了一下，這邊地下室可以通往地下停車場，但是我估計停車場也有記者埋伏。現在的娛樂記者特別喪心病狂。」

「那他今晚只能住在這裡了？」

「可能還要看看情況，如果太晚，就不折騰了。伍教練正在找保鏢。」雲朵說道，「要不然叔叔阿姨，你們先回家睡覺吧，我在這裡陪著他。放心，我一定會看好他。」

唐叔叔說，「雲朵，妳陪妳阿姨回家吧，我來陪他。」

唐一白有點囧，「你們不用這樣，我又不是喪失行動能力了。都回去吧。」

「不，」雲朵固執地搖頭，「沒人守著的話，我怕有記者混進來，看著點比較放心。」

最後大家只好按照雲朵說的辦。路阿姨走的時候把雲朵叫到外面，問雲朵，「到底是怎麼回事？豆豆說得太簡單。」深刻懷疑他隱瞞了什麼。

「應該是被人暗算了。」雲朵簡單地把事情經過講了一下。

路女士聽完大怒，「敢打我兒子？抓到之後斷手斷腳！」

雲朵肅然點頭，「我也是這麼想的！」

唐氏夫婦離開之後，雲朵抓到兩個冒充護理師的記者，趕跑之後，伍教練終於帶了保鏢來。留下保鏢之後，教練、隊醫及徐醫生都離開了，只留下雲朵陪著唐一白。

折騰了一整晚，她現在真的有點心力交瘁。安頓好唐一白後躺在病床上，雖然睏倦卻睡不著，注意力都在一旁的他身上。

黑暗中，唐一白說：「朵朵，妳睡了嗎？」

「沒。你怎麼也沒睡？」

「沒有晚安吻。」

雲朵有些好笑。她摸索著下床，沒有開燈，繞到他的左邊，捧著他的臉，低頭吻他。

像是蝴蝶親吻花朵，輕輕落落地，並不多作停留。她想離開，唐一白卻伸出舌尖舔了一下她的嘴唇。無比明顯的暗示。

雲朵便張開嘴，緩緩加深這個吻。她的親吻像水，寧靜和緩，卻有融化一切的柔情。唐一白沉溺在這樣的柔情裡，心房暖暖的。他心想，一定是因為有她陪著他，他才能那麼快從不能比賽的痛苦裡走出來。遇到這樣的煩心事，倒楣透頂，但是想一想至少還有她在身邊，他就覺得老天爺對他沒那麼刻薄。

一吻結束，雲朵放開他，但她依舊捧著他的臉。由於拉著窗簾，室內很昏暗，他們看不到彼此。這正有利於說出一些羞於啟齒的話。

她捧著他的臉，小聲說道：「唐一白，我愛你。」

唐一白感動得眼眶發熱。他從沒想過這三個字有這樣的魔力，讓他飄飄然，像是躺在彩雲之巔，又覺得心臟像是被蜂蜜包裹住，甜膩得快要融化。那一刻他甚至想，為了這句話，死也是值得的。

他扣著她的手說，「朵朵，我也愛妳。有些話我其實很想對妳說。」

「什麼？」

「妳覺得我倒楣嗎？」

「嗯。」簡直不能更倒楣了啊，什麼爛事都被他遇到。

唐一白卻笑道，「我以前也覺得我倒楣，但是遇到妳之後我覺得我挺幸運的，真的。我想，如果要我用掉這輩子所有的運氣來和妳相愛，我也願意。」

雲朵連忙捂他的嘴，「不許亂說。你不可能一直倒楣的，以後肯定會幸運。」

「我很幸運。我已經賺到了啊。」

※　※　※

兩人待在醫院的這一晚，外面已經鬧得昏天黑地。各種傳聞滿天飛，唯一的共同點就是都說唐一白受傷了。具體傷到了哪裡、傷到什麼程度、受傷原因為何則是五花八門。

有人悲傷過度，有人幸災樂禍，有人渾水摸魚，有人追著游泳隊逼問……還有不少造謠求關注的，這個獨家爆料，那個重大消息，搞得人暈頭轉向。

到最後占著統治地位的傳言是這個版本：唐一白和祁睿峰為了女人爭風吃醋打架，然後祁睿峰把唐一白打成重傷，進了醫院。

短短一個謠言包含了「女人」、「暴力」、「兄弟反目」等最刺激眼球的資訊，難怪能後來居上。

早上，兩人吃完早餐時看到這些八卦，雲朵看得直翻白眼。

唐一白說，「朵朵，妳今天不用去上班嗎？」

雲朵鼓了鼓腮幫子，像條吃飽了撐著的小魚，「我不想去上班。」

「那妳請假了嗎？」

她對著手指，有點心虛，「就算請假，我們主管肯定也不批准。」

「為什麼？」

「我昨天得罪他了。」

唐一白是多麼心思剔透的一個人，很快就想到她為什麼會得罪主管。他有點感動，思考了一下後說，「其實，反正這個新聞早晚要報導，不如妳就先報導吧，近水樓臺先得月，不要便宜別人。」

雲朵斷然否定，「不行，誰知道那幫壞人會不會有什麼別的計畫。現在就是不能透露風聲出去，我也不可能為了新聞，不顧及你的安危。這件事，先看警察和你們隊裡怎麼說。在這方面你要聽我的。」

唐一白笑了，「好，都聽妳的。不過妳要怎麼跟主管說？」

雲朵有點為難，「我現在沒心情理他，過兩天再跟他道個歉吧。沒事，最壞的結果就是我在報社混不下去了。我還不想混了呢，大不了不幹了，我去拍紀錄片。唐一白，等你成了奧運冠軍，我要幫你拍紀錄片！」

唐一白笑著點了點頭，然後朝她伸手，「既然妳不好意思，我幫妳跟他說一說吧。」

「你要說什麼？」雲朵把手機遞給他。

他沒有回答，撥通了劉主任的電話，開了擴音說，「喂，劉主任，我是唐一白。」

劉主任顯然被嚇到了，說話有點結巴，『唐、唐一白？』

「對，是我，劉主任您還記得我嗎？」

『記記記記得！唐一白啊，你不是受傷了嗎，怎麼會用雲朵的手機打電話？你們……』

「劉主任，我知道您想問什麼。我現在就可以回答你，雲朵是我的女朋友。昨天她因為我的事情太著急了，您不會放在心上吧？」

劉主任連忙說，『不會不會，可以理解的。唐一白你到底傷到哪裡了，嚴不嚴重？』

唐一白卻沒有回答這個問題，他說，「劉主任，我想幫雲朵請兩天假，可以嗎？」

都到這個份上了，劉主任覺得他就算不准雲朵的假，那個小丫頭也不會來上班了，何況為了這種事得罪唐一白也不值得。雖然這小子有點狡猾，怎麼問都不說實話，但是既然雲朵都把他拿下了，不愁沒新聞……想到這裡，劉主任爽快答應了。

『好。讓她好好照顧你吧，你自己注意身體。』

「嗯，謝謝劉主任。另外，很抱歉，您問的其他問題我回答不了，隊裡有規定。不過估計隊上很快就會公布了。」

他這麼說，也直接讓劉主任沒了脾氣，只好說：『好的好的……』

唐一白掛斷電話之後，雲朵覺得特別好玩，她說，「唐一白，我還沒見過劉主任這麼低聲下氣呢，哈哈。」

唐一白笑著揉了揉她的頭。雲朵可以繼續陪他了，真好。

上午時，唐一白接到一通電話，是昨天那位警察打來的。

警察說局裡專門派了刑偵科高手來偵查這個案件，今天早上在國家游泳隊訓練基地的對面發現了四個小型攝影機。這些小型攝影機掩藏得很隱蔽，很可能是用來監視唐一白的行動。這也就解釋了為什麼唐一白臨時決定回家，也能被人算計襲擊。另外，昨晚他家附近那個「前方施工，車輛繞行」的牌子是有人故意放的，那裡根本沒有任何施工。

許多證據都指向蓄意傷害。警察簡單陳述了一下這些發現，又讓唐一白仔細回憶有沒有遺漏的東西。

和警察結束通話後，雲朵和唐一白像猜謎一樣猜了老半天，到底可能是誰在害他，最後一點方向都沒有。如此費盡心機，那個人和唐一白有多大的仇啊？

唐一白能和誰結仇？要說是因為擋了誰的路被除掉的話，這就更奇怪了。在中國短距離自由式這塊領域，他把許多人遠遠地甩在後面，不存在擋到誰路的問題。

後來雲朵腦洞大開，問唐一白，「會不會是曾經向你表白，然後被你拒絕得很慘的那個女生？她因為懷恨在心，回來報復你了？」

「不可能。」

「對，我也覺得不可能。我腦洞開太大了。」

※　※　※

大概上午十點鐘，國家游泳隊和警察局分別發了一則公告，公告這次事件，平息謠言。當然，人民的創造力是無窮的，即使是官方公告也是「漏洞百出」、「疑點重重」，所以有些人還在守著謠言自嗨，對此，這世界上最屌的人也拿他們沒辦法。

然後伍教練來了，一群保鏢開路，把唐一白帶去了訓練局的康復中心。徐醫生在那裡又替唐一白做了檢查，確定一切安好。然後徐領隊也來看望唐一白，祁睿峰他們則在訓練走不開，只能晚上來找他。

當著眾人的面，徐醫生說，「其實我有一個不太可靠的辦法，或許可以加速一白恢復。」

伍教練急忙問，「什麼辦法？」

「我跟你們說過嗎？我有一個舅爺爺，今年八十二歲了。他是個中醫，專治跌打損傷，在我老家那邊挺有名氣的。他的醫術是祖傳的，而且傳男不傳女，我奶奶都沒有資格學。他有一些帖子確實能起到加速恢復的效果，當然了，也要看人，不是什麼人吃了都管用。我覺得一白年輕，身體底子好，用他的帖子希望滿大的。」

雲朵擔心地問道，「吃他的藥會不會有副作用？」

「那倒沒有，頂多是不管用。」

徐領隊問，「老人家都八十二歲了，行動方便嗎？讓一白出門不安全，可以請老人家過來嗎？」

「我問問吧，我舅爺爺來不了也沒關係，我還有兩個表叔呢，繼承了他的醫術。」

「好，你先問問，這件事我們回去再討論一下。」

雲朵心中燃起了希望，但很快又冷靜下來。畢竟是傷到了骨頭，就算加速，能加速到什麼程度呢？

徐領隊他們離開之後，唐一白對雲朵說，「朵朵，我有一個非常棒的提議。」

「什麼？」

「這裡很好，空氣清新、環境優美，妳可以在這裡住下來。」

唐一白的話讓雲朵心中一動。她也很想留下來照顧唐一白，但不知道院方能不能同意。對於她的擔憂，唐一白說：「這種事留給伍總煩惱就好。妳現在準備一下，不過……」

一想到朵朵只請了兩天假，唐一白又憂傷了。過兩天她不是還要去上班嗎？可他還不知道要在這個地方待多久。

想到這裡，唐一白對雲朵說，「朵朵，不然，妳多請幾天假？」

「多久？」

「一個月？」

一個月啊，寒假也才一個月！雲朵有點為難，「我倒是沒意見，但劉主任肯定不會答應。」

「這樣吧，妳把手機給我，我和他說。」

沒病沒事就請一個月長假，確實有點過分，況且雲朵她們報社現在正缺人呢，怎麼能允許一個在編記者離開一個月之久呢。所以想要打動劉主任，必須給他點甜頭。

唐一白一下就看出此事的關鍵，對劉主任說，「劉主任，我可以和隊裡商量一下，在雲朵請假的這段時間，讓她對我的康復情況做跟蹤報導，您看如何？」

這是一個巨大的誘惑。現在外界對唐一白病情的關心超出了劉主任的預料，先不說那些死忠泳迷，還有許多本來並不關心游泳的人都因為唐一白成了泳迷，另外還有不少雖然不關心游泳，但是被唐一白的美貌迷得七葷八素的老中青三代女性……連他十五歲的小侄女都在打聽唐一白到底怎麼樣了。

偶爾，劉主任也會感嘆這個看臉的世界太膚淺，然而事實擺在那裡，新聞工作者必須正視。所以說，如果真的能拿到唐一白的跟蹤報導，報紙銷量肯定能節節攀高，這幾乎不用懷疑。

另外，「拿到獨家內幕消息後被同行各種轉載臣服」的感覺是每一個新聞工作者的最愛，劉主任自然也愛。

於是劉主任馬上答應唐一白了。

雲朵挺佩服唐一白，她說，「我總覺得劉主任挺難應付的，為什麼感覺他在你面前就是小菜一碟呢？」

唐一白笑而不答。他把手機還給雲朵，問道，「我們中午吃什麼？」

「你想吃什麼？我剛才去食堂看了看，挺多吃的，你想吃什麼我幫你買，也可以訂餐。剛才護理師留了一份菜單。」

這麼乖巧的女朋友，唐一白不捨得她無謂地跑前跑後，於是說道，「訂餐吧。」

兩人點了四菜一湯，兩葷兩素。唐一白左手不能用筷子，雲朵塞給他一把塑膠小勺。但那把塑膠小勺又小又軟，很不好用，他不喜歡，於是丟掉它，朝雲朵張開嘴，「餵我。」

好吧，天大地大，病人最大。

雲朵夾菜遞到他嘴邊，餵塊香菇，餵塊牛肉，再餵點魚肉……唐一白也不看嘴邊的是什麼，雲朵餵什麼他就吃什麼。他一直盯著她看，視線像黏人的蜘蛛絲，始終停在她臉上。

雲朵被他看得臉頰飄起兩朵淡紅，目光躲閃著問，「為什麼總是在看我？」

「妳這麼美，我怎麼看都看不夠。」

唐一白對雲朵發起了攻擊：甜言蜜語。

雲朵血槽已空。

唐一白也不覺得自己說了什麼了不得的話，他覺得自己是個很實在的人，說的都是實在話。雲朵餵他吃東西時，他的注意力確實都在她身上，也沒意識到自己嘴裡都填了什麼，反正吃什麼都好吃，這就是「秀色可餐」的最佳詮釋。

兩人點了一份紅燒鯽魚。鯽魚的肉質鮮美，但是刺也多，雲朵埋頭挑刺，挑好之後把魚肉都堆到唐一白的碗裡。她擔心自己挑得太慢，不夠唐一白吃，於是有點急。唐一白看著她額角沁出了細汗，幾縷濡濕的劉海緊貼著皮膚，她眼簾輕輕掀動一下，像振翅的蝴蝶，如黑葡萄一樣的兩顆眸子，目光凝聚在筷子下的魚肉上，十分專注。

心房像是被什麼東西填滿了，滿得幾乎要溢出來。

他低聲喚她，「朵朵。」

「嗯？」雲朵低頭應了一聲，依舊在專心挑刺。

「我想親妳。」

雲朵：「……」她無奈地捏了捏拳頭，「唐一白你夠了，吃個飯你能給我浪成這樣，你真是一個天生的色狼！」

唐一白牽起嘴角笑了笑，「好了不要生氣，逗妳玩的。不過，」他指了指自己碗中的魚肉，「妳不用幫我挑刺了，我不想吃。」

「為什麼？我挑得不好嗎？」

「不是，我不愛吃鯽魚。」

雲朵有些抱怨，「你怎麼不早說？」

「抱歉，我忘了，」唐一白用小勺子舀起魚肉，都放到她的碗裡，「妳吃。」

雲朵還在糾結，「可是魚的營養價值很高，你多少都要吃一些。你喜歡吃什麼魚？」

唐一白歪頭想了一下，「鱈魚。」那個刺少。

「食堂沒有鱈魚。」

「鱸魚？」那個刺也少。

「這個應該有，那下次我們吃鱸魚。」

「好。」

吃過午飯，兩人出門散步。訓練局康復中心是專門為受傷的運動員設立的，地處郊區，環境優美。出門遠眺能看到淡青色的山脈輪廓，近處是一片小小的湖泊，湖水很乾淨，湖邊種著垂柳，柳條柔綠，隨著微風輕輕搖晃，遠看像一蓬蓬淡綠色的煙霧。

兩人手牽著手走在湖邊，雲朵看到湖面下有個像盤子一樣大的陰影在移動，立刻說，「唐一白你看，這裡面有烏龜！」

「那不是烏龜，那是鱉。」

「呃，」雲朵撓了撓頭，烏龜和鱉她總是傻傻分不清楚。她說，「能吃的是鱉對吧？要不然我們釣一隻回去，給你補補身體？」

「妳這個小色狼，鱉是壯陽的。」

「……」

又被他調戲了，雲朵只好偏開臉不理他。

唐一白卻突然驚喜地看她，「朵朵，妳不怕了？」

「我怕什麼？」雲朵反問了一句，突然也反應過來，她望著粼粼的水面，摸了摸心口，「真的耶，我現在一點也不緊張！天啊！」

她有點激動，走得離湖岸更近了，唐一白怕她掉下去，一手緊緊地抓著她。她就這樣站著，一低頭就能看到腳下的湖面，再往前踏一步就會掉下去，然而她一點也不害怕。

雲朵往後退了幾步，高興地跳起來，「唐一白，我不怕水了，我不怕了啊哈哈哈！」

唐一白也很高興，「朵朵，我為妳驕傲。」

「唐一白，謝謝你！」雲朵踮起腳，勾著他的脖子重重吻一下他的臉頰。

突如其來的獻吻讓唐一白小小地驚喜了一下，笑著吻了吻她的額頭。

雲朵站在湖邊，笑得有些猖狂，搓著手說道，「我已經迫不及待地想要學游泳了。哈！哈！哈！」

唐一白笑，「我也迫不及待地想要教妳游泳了。」

下午，雲朵和唐一白一起準備一些東西。

要在這裡至少住上一個月，她又回家拿了衣物、洗漱用具還有娛樂設備過來，臨走前，路阿姨塞給她一些錢。雲朵不想收，路阿姨卻很固執。

路女士知道雲朵在康復中心肯定會用到錢，而根據這孩子的脾氣，她肯定會自掏腰包，不會和豆豆拿。

路女士覺得，這個小女孩是真心實意地對豆豆好，他們也不能虧待她。

至於唐一白的衣物，那就要勞煩祁睿峰帶過來了——祁睿峰他們晚上要來看望唐一白。

晚飯前，徐醫生過來看唐一白的情況，他發現唐一白的精神狀態不錯，之前還以為他是裝的，但裝也裝不了這麼久啊……這年輕人真是厲害，心理素質太好了。

徐醫生帶來一個好消息：隊裡經過研究，決定請他的舅爺爺出山來嘗試治療。而那位八十多歲的老人一聽說受傷的是個為國爭光的小夥子，便義不容辭地拍胸口表示一定會盡力，他將帶著小兒子親自出馬，預計明天上午就能抵達。

雲朵的心態類似於「死馬當活馬醫」。骨裂這種傷，只要沒錯位，反正都能治好，既然徐醫生已經沒辦法更快了，那就試試那位老爺爺吧。

快晚上九點時，祁睿峰、向陽陽、明天、鄭淩曄他們一夥人過來看望唐一白。

唐一白傷得太不是時候，大家早就預料到此事的嚴重後果，因此即使是少根筋的祁睿峰此刻也擠不出一絲笑容。他們又不怎麼會掩飾情緒，一個個心情低落、表情抑鬱，搞得像是在開追悼會。

唐一白莫名覺得有些好笑，然後又挺感動的。

祁睿峰說：「唐一白，你好好養傷，不要想太多。」

唐一白笑道，「想太多的是你們吧，我挺好的。」

「世錦賽也沒什麼大不了的，還不如全運會重要呢。你好好養傷，奧運會一定拿金牌！」

「好，這次一定不會爽約了。」

祁睿峰離開時留下一本書給唐一白作為消遣，雲朵一看書名，《狼性總裁的小萌妻2》。

唐一白煞有介事地翻了一下，看了幾頁就看不下去了。

雲朵說，「你該準備睡覺了，早睡早起身體好。」

「好，朵朵，我想洗澡。」

「嗯，我去幫你放水。」

在浴缸裡放好水，雲朵回來時，看到唐一白站在客廳裡神遊，她說，「水已經放好了，你去洗吧。」

唐一白卻沒有行動，他望著她，「朵朵，我一隻手要怎麼脫衣服呢？」

雲朵拍了拍腦門，「糊塗了，怎麼把這件事忘了。你等一下，我去找看護。」

唐一白拉住她的手臂，「不要去。」

「為什麼？」

「不想被男人扒衣服。」

這種理由也行？雲朵有點無奈，「好，我去找個女看護。」

「好，找個漂亮點的。」

「你！」雲朵咬著牙，怒瞪他。

唐一白笑了，「所以，妳真的願意看到別的女人脫我衣服？」

她嘟著嘴巴，當然不願意了！

他刮了刮她的鼻尖，輕聲說道：「要有勞妳親自動手了。」

雲朵的臉一下子紅了。雖然，她曾友好地幫他處理過一些生理問題，兩人的關係已經親密到一個境界了。但是，他確實沒在她面前脫過衣服啊……裸和不裸完全是兩回事。

不過她好像早早就看過他的裸體了？呃……

唐一白掀了一下衣服，催促她，「快點，我要早睡早起。」

天大地大，病人最大。

雲朵在心中默念這八字箴言，然後紅著臉拉起了他的T恤。這是她第一次以如此動態的方式觀賞他的肌肉，從小腹到胸膛，再到手臂。光滑的皮膚下，包裹著勻稱而有力量感的肌群，無意間觸碰一下，立刻使她心跳加速。

她的臉龐更熱了，像是架在火上烤一樣，感覺自己呼出的空氣都變熱了。她的氣息噴在他裸露的胸膛上，他瞇著眼，喉嚨動了一下。

雲朵想把T恤從他頭上拉開，奈何他個子太高了，她踮起腳也做不到……她有些鬱悶，「你為什麼不坐著呢？」

唐一白偏偏不坐著，他微微彎腰，方便她拉開T恤。她剛把那件衣服脫下來，冷不防被低著頭的他捉住嘴唇，吻了一下。

雲朵：「……」大哥你時刻都不忘記調戲人啊。

她立刻低頭，拉著他的運動長褲向下拉。由於他固執地站著，雲朵只好蹲下來，把他的褲子往下褪。他修長筆直的雙腿就這樣一覽無遺地呈現在她面前。肌肉結實而勻稱，流暢的線條，像美人魚的尾巴。他的腿太長太好看了，莫名的，她就想摸一摸。

嗚嗚嗚，我不是色狼啊……

把他的長褲完全褪下之後，雲朵想站起身，卻被唐一白按住肩膀。他低著頭看她，小聲說道，「朵朵，還有一件。」

還有一件就是他黑色的平角內褲。雲朵沒好氣道，「你自己來！」

唐一白充滿遺憾地嘆了口氣。

洗完澡，唐一白在腰間隨意圍了條浴巾就出來了。浴巾鬆鬆垮垮地圍得很低，好像輕輕一碰就會掉下來。他沒有好好擦乾身體，胸前還掛著水滴，頭髮也是濕漉漉的。

雲朵不得不承認，他這樣子特別性感。她的眼神有些躲閃，既不好意思看，又忍不住想看。到最後心一橫——明明是我男朋友，我為什麼不能看？

唐一白見她賊兮兮地看著他，有些奇怪，「怎麼了？」

「沒什麼，就是覺得你……很性感。」

他笑了，「謝謝。那妳能不能幫我——」

「不行！」她斷然拒絕，「你身體剛受傷，能不能清心寡慾一點！」

唐一白的眼神特別無辜，「我是說幫我吹吹頭髮，妳想到哪裡去了？」

雲朵無地自容了，跑到廁所拿吹風機，然後躲在唐一白的身後幫他吹頭髮。

唐一白卻不打算放過她：「朵朵，妳就是個小色狼。」

雲朵裝死不理他。

唐一白又說，「看也被妳看了，摸也被妳摸了，妳有什麼不好意思的？」

雲朵依舊在裝死。

唐一白：「妳剛才那是什麼眼神？像是要非禮我。妳是不是特別想非禮我啊，朵朵？」

雲朵咬牙，「唐一白。」

「嗯？」

「你給我閉嘴。」

「好。」

唐一白閉嘴了，拿桌上的手機來玩。雲朵看到他打開微博，發了條特別蕩漾的微博：今天被老婆扒光了！~(@^_^@)~

雲朵：！！！！！！！

她急道，「唐一白你是不是忘了，你現在用的是我的帳號！馬上刪掉啊你！」

唐一白淡定答道，「不是妳的帳號，是我的分身帳號。」

雲朵有點囧，「你還會玩分身帳號了。」

唐一白把手機拿給她看他的分身帳號。雲朵看到他那個頭像和「唐一白」的一樣，狀態列裡寫的是：我真的是唐一白。

雖然說的是實話，但肯定沒人信。

這個分身帳號的ＩＤ名稱是「浪花一朵朵」，唐一白得意地解釋，「妳看，這個ＩＤ裡有我的名字和妳的名字。」

雲朵說，「其實對你來說，第一個字就足夠了。」

※　※　※

在康復中心，唐一白和雲朵住的是一間兩房一廳的房子，和一般社區的房子差不多。

一早，雲朵起床走出房間，看到唐一白只穿著一條內褲在遊蕩。人家有著三百六十度完全無死角的好身材，根本不怕秀，走動時隨著長腿的邁動，臀部線條一起一伏的，窄窄的後腰小幅度地輕擺，雲朵看得差一點就流鼻血了。

她有些無奈地扶額，「你……不冷嗎？」

唐一白回頭無辜地看著她，「沒人幫我穿衣服。」說得特別理直氣壯。

雲朵搖頭，「我真是欠你的。」

身為一個游泳運動員，唐一白也沒覺得這樣有多不妥，反正他經常只穿泳褲出現在大眾的視線裡。現在他不急著穿衣服，而是先去洗漱。

雲朵只好跟著他，幫他擠牙膏。兩人一起刷牙，刷完牙後一起洗臉，唐一白現在是獨臂俠，洗臉的樣子就和小貓似的，雲朵看不下去了，撈起水幫他洗，擦乾淨之後順手往他臉上塗了一些保濕乳。

唐一白還滿不情願的，「這是什麼東西？我不用。」

雲朵才不理會他的反抗，把保濕乳塗勻，輕輕拍打他的臉。唐一白雖然嘴巴上說著不要，到底還是彎著腰配合她，他看著她，「算了，妳要怎樣對我都可以。」

擦完之後，雲朵捧著他的臉親了一下，「好了，我的大帥哥。」

唐一白笑呵呵地揉了一下她的頭髮，「謝謝，我的小美女。」

吃過早飯，兩人窩在沙發上，靠在一起看電影。

電影看到一半時，徐醫生帶著兩個人過來。一個頭髮花白，一個頭髮全白，臉色都很紅潤。徐醫生簡單介紹了一下，頭髮全白的就是他的舅爺爺，姓康，頭髮花白的是這位舅爺爺的小兒子，也就是徐醫生的小表叔，今年五十五歲。

康爺爺精神矍鑠，不苟言笑，一雙眼睛炯炯有神，見到唐一白和雲朵時，他也只是點了點頭。相比之下那位小康伯伯就藹然可親得多，拉著唐一白的手輕輕拍一下他的肩膀，笑道，「你的事情我們都聽說啦，好樣的！這次我們一定會竭盡全力幫你治傷，不是我吹牛啊，我們老家有一個七十多歲的老太太摔斷了腿，我爸替她治療了一個月，那老太太就能下床走路了。」

雲朵聽得兩眼發亮，「這麼神奇啊？」

小康伯伯重重點頭，「沒錯！我康家中醫治骨傷遠近聞名，還有好多外地人慕名找來我家呢。妹妹我跟妳講，我爸可不會隨便出山，這次是聽說一白是個運動員，急著比賽嘛。」說著，他又拍唐一白的肩膀，「一白，放心吧，你的骨頭交給我們！包准讓你一個月之內重返泳池！」

你的骨頭交給我們……這話說的，雲朵覺得滿嚇人的。

康爺爺輕輕咳一聲，「多嘴多舌！」雖然是在責備兒子，臉色卻不嚴厲，眼中甚至帶了一點笑意。

唐一白說，「那就拜託你們了。」

然後康爺爺先為唐一白診斷了一下，望聞問切。診斷的目的不只是為了確定傷勢——傷勢從之前拍的片子已經基本上確定了。現在診斷主要是為了摸一摸唐一白的體質，然後根據體質制定藥方。

中醫的藥方變化很大，同樣的症狀，不同人就要吃不同藥，沒有一個藥方走遍天下的情況。現在許多養生節目裡的專家喜歡建議觀眾朋友吃這個吃那個，還有一些兜售偏方的，什麼稀奇古怪的東西都有，這些都不可信。對方可能說得沒有錯，但最關鍵的一點沒有交代清楚：這些食物和偏方並不適合所有人，有些人很可能會因此吃壞身體。

雖然雲朵之前表示不敢抱太大的希望，可是希望擺在眼前，她真的不由自主地就想抱起來……此刻她靜靜地等著康爺爺診斷完畢，期待他能說點振奮人心的話。然而，康爺爺並沒有像小康伯伯一樣振奮人心，只是點了點頭，「我先開個藥方試試吧。」

雲朵有點忍不住，問道，「康爺爺，您看他的情況怎麼樣？」

康爺爺看一眼雲朵，不答反問，「妳和他是什麼關係？」

唐一白解釋道，「她是我女朋友。」

「嗯，」康爺爺點了點頭，然後當著這麼多人的面很直白地說，「腎主骨生髓，這段時間你們最好不要行房事。」

雲朵的臉立刻紅成了熟透的蝦子，唐一白看到她這樣子，很不厚道地笑了。他朝康爺爺點點頭，「好，我記住了。」

康家父子拖了一個大行李箱來，打開一看，裡面全是藥材。

康復中心地處郊區，附近沒有大的中藥店，所以他們乾脆自己帶了不少。而且，現在許多有名中醫的藥方祕不示人，這可能是祖先留下來的傳統。所以康爺爺到底開了什麼藥，唐一白自己都不知道，只有小康伯伯看了，然後拿著藥方配好藥，另外有三味藥他們沒帶，還要讓人去中藥店買。

藥也是小康伯伯來煎，雲朵還想幫忙，結果由於「從來沒煎過藥」，被拒絕了。

四個人一起吃午飯，雲朵點了好多菜，特地幫唐一白點了清蒸鱸魚，還有豬骨湯。小康伯伯看到雲朵有耐心地幫唐一白挑刺，笑呵呵地讚嘆，「嘖嘖嘖，一白，你這女朋友真是選對了。」

唐一白唇角彎彎的，笑望著雲朵霞紅的臉蛋，滿目都是幾乎要溢出的柔情。

吃過午飯，唐一白該喝藥了。雲朵看到他端著那碗濃得發黑的藥湯喝了一小口，頓時眉頭擰成一團，苦著臉道：「這味道真是絕了……」

小康伯伯無語地看著他，「你以為是在喝茶呢？一口乾掉！」

唐一白憋氣一口乾掉，喝完後舌尖還迴盪著那令人神魂顛倒的怪味，他委屈地看著雲朵說，「朵朵，這東西太難喝了。」

雲朵好心疼，遞水給他，還剝了糖。小康伯伯實在看不下去這兩個年輕人放閃，拿著藥碗走出門。

晚上吃完飯又吃完藥，兩人無所事事，爬上屋頂看星星。

初夏的夜晚，郊區還是有點冷，唐一白摟著雲朵的肩膀，用他的外套把兩人蓋起來。這邊沒有市區那麼強的光害，天空中能看到的星星很多，雲朵指著天空，說星座的故事給唐一白聽。她的聲音柔細，不疾不徐、娓娓道來，像炎熱夏天裡一杯清新的檸檬茶。

唐一白安靜地聽著，一開始還很專注地聽故事，聽著聽著便有些沉醉，沉醉在她溫柔美好的聲線裡。他低頭親她的臉頰，溫柔的力道像是輕盈垂落的雪花。雲朵的聲音頓住了，她抓著衣角，胸口小鹿亂撞，輕輕地推了他一下，「唐一白……」

「朵朵，朵朵……」唐一白低聲喚她，聲音裡帶著熱度，「我怎麼會那麼喜歡妳呢，朵朵……」

他捉著她的嘴唇親吻。雲朵心口發燙，渾身發軟，幾乎要融化在他火熱的懷抱裡。

夜風徐徐吹來，吹不散這片天地裡那小小的溫暖。風中有不知名的花朵香氣，淡淡的，沁人心脾，幾乎要透過人的肌膚，滲到心底去。

雲朵摟著唐一白的腰，仰頭回應他。她學著他的動作，用舌尖探到他的舌根，一點一點地觸碰。這樣的動作足以令他發狂，摟著她腰的手不自覺地收緊，快要把她扣到自己的身體裡。

這個晚上的天臺教育活動特別有意義，唐一白非常非常滿意，並表示期待下一次。

唐一白發現自從他受傷之後，雲朵對他總是溫軟順從，乖巧得令人心疼。怎麼辦？他的朵朵越來越可愛了，他要被她迷暈了……

然而，雲朵的體貼和順從換來的是他的得寸進尺。

※　※　※

第二天早上，雲朵發現自己在唐一白的懷抱中醒來。她正枕著他的手臂，唐一白打了石膏的手臂輕輕搭在她身上，然後，一條結實有力的長腿盤過來，勾著她的身體緊貼著他。

雲朵以為自己在作夢。她遲鈍地仰起頭，正好對上唐一白的目光。他正笑咪咪地看著雲朵，見她醒了，湊過來作勢要吻她。

雲朵嚇得立刻逃開，滾了兩圈，然後「咚」地一下掉在了地上。

唐一白：「……」

雲朵從地上爬起來，緊張兮兮地問，「怎怎怎怎麼回事？你怎麼會在我的床上？」

唐一白斜躺在床上，用左手拄著頭，兩條長腿併攏，隨意彎曲成一個角度，鋪在床上。他慵懶從容得像一個貴婦，而且是不穿衣服的貴婦。早晨的陽光透過窗簾的空隙灑進來，照在他身上。

他躺在陽光裡，像一尊完美的雕像。他的身材太好了，就算掛個石膏，此刻只穿內褲躺在床上，也讓人有種血脈賁張的衝動。

雲朵抓了抓頭髮，無視掉唐一白拋過來的媚眼，用枕頭砸他的頭，「回答我！」

唐一白說，「我不記得了。」

「……什麼意思？」

「可能是夢遊吧。」

雲朵半信半疑，「你以前夢遊過嗎？」

「沒有，我覺得可能是這次受傷的附加後遺症。」

雲朵又砸他，「誰骨裂還附帶夢遊後遺症的？一腳從骨科跨越到神經內科？你就是醫學界的奇蹟！」

唐一白笑著躲開，「朵朵我錯了，我也不知道為什麼會夢遊，妳原諒我這一次好不好……哎喲，疼！」

雲朵嚇了一跳，丟開枕頭爬上床看他，著急地問：「哪裡疼？是碰到手了嗎？」

唐一白卻突然翻身，把她壓在身下。他一隻手臂撐在她耳邊，低頭又要吻她。

雲朵面無表情地一巴掌蓋在他臉上，「快去洗臉刷牙！」

吃過早飯，兩人出門溜達，十分悠閒，感覺像提前過著退休生活。康復中心的北面種著一大片虞美人，此時節開得正熱烈，火紅、雪白、嬌黃，交相輝映，像條彩色的織錦，特別漂亮，讓人一看到，心情就忍不住飛揚起來。

唐一白說，「這裡很漂亮，適合拍照。等我們結婚時就來這裡拍婚紗照。」

花田旁的長椅上坐著兩個人，其中一個是小康伯伯，另一個是位田徑運動員。小康伯伯正在幫那位田徑運動員看手相，已經說到這位運動員結婚生子了，把他說得一愣一愣的。

雲朵忍不住笑出了聲。

小康伯伯看到是他們，叮囑道，「不要碰那些花，有毒。」

「喔。」

這時，那位田徑運動員說約了人，先走了。然後小康伯伯招呼唐一白他們，「過來坐，我幫你們看看手相。」

雲朵先伸出手，小康伯伯看了一會兒說：「其實看手相並不只是看掌紋，還要看手的品相。妳的手嘛，一看就是有福氣的手。來，我看看掌紋。姻緣線嘛，不錯，很美滿。事業線呢……唔，年輕時會有一些波折，妳看，這裡是斷開的。壽命線也不錯。」

雲朵的掌紋比較單調，小康伯伯看到這裡便甩開，接著看唐一白的。然後他有點疑惑，「怎麼回事？你們的掌紋差不多，都是愛情美滿，事業有波折。要不然我再幫你們算算八字吧。」

唐一白說，「您真是博學多才，什麼都會？」

小康伯伯得意道，「那可不是，我平常就喜歡鑽研這些易經八卦的東西，治病其實是我的副業。」

越看越像神棍了。反正也無聊，雲朵就坐在旁邊聽他說話。

兩人都報上了自己的出生日期和時間地點，小康伯伯確實有兩下子，不用查農民曆就能掐出他們的八字，接著就說得頭頭是道，說唐一白：「你少年坎坷，當然這個坎坷主要是事業上的。不過你不要擔心，你會遇到一個貴人，有了貴人相助，你能化險為夷，披荊斬棘，雲開月明，一飛衝天。喔，對了，」他說完指指雲朵，「從命相上看，妳應該就是他的貴人。」

雲朵捧著臉笑，「伯伯您真是太會說話了，我好想給您錢啊！」

小康伯伯笑道，「你們國家隊都會給治療費、醫藥費和車馬費給我們，不用妳給錢啦。」

唐一白也笑了。他和雲朵一樣，並不信這些，不過算命先生說了這麼多好聽的話，實在讓人心情愉悅得很。

小康伯伯又說，「我再幫你們對對八字。哎喲，這八字，哎喲喲，這八字，嘖嘖嘖……」

雲朵感覺被他的語氣詞洗版了，好奇問道，「我們的八字怎麼了？」

「你們啊，是七世怨侶，已經修了七世，都沒修成，現在是第八世，總算可以修成正果了。我剛才就說怎麼那麼奇怪，你們的姻緣線都特別好。姻緣線是最難得的，別人不是分岔就是斷掉，你們倒好了，這麼難得的姻緣線一下子讓我遇到兩位，還覺得奇怪，原來是在這裡等著我呢。哎呀呀，不得了，你們兩個的好事肯定會成功，到時候要請我喝喜酒喔！」

「一定。」唐一白笑道，「看您說的，我也想給您錢了。」

然後小康伯伯還跟他們說了前七世怨侶都是什麼樣的。雲朵覺得這位伯伯真是一個大寫的長舌，從兩段八字，他硬是編出了七段愛情故事。

而且他還有邏輯強迫症，七段愛情故事都按時間順序排列好，講的時候還有對應朝代的特色，絕不會出現穿越時空的尷尬。因為時間不多（他們畢竟還是要吃飯），他只講了七個故事的大概，還跟唐一白約了時間要講具體一點。

人才，真是一個不可多得的人才。

晚上睡前，為了防止唐一白再次「夢遊」，雲朵把房門鎖上了。她躺下後還沒睡著，就聽到有人在外面叫她。

是唐一白。

「朵朵？朵朵？」

雲朵沒有說話，她倒要看看他在搞什麼鬼。

門把被人轉了轉，打不開。雲朵以為他走了，結果過了一會兒，她聽到了鑰匙插進鎖孔的聲音。

她有點無言，下床去開了門，看著門外的他，「你夢遊還能找鑰匙開鎖？」

唐一白被當場抓包，強大的心理素質讓他表現得特別鎮定。他揉揉她的頭，試探著問，「朵朵，我能不能和妳一起睡？」

「不能。」

他有些鬱悶，「我只是想抱著妳睡，反正我又不能做什麼。」

雲朵看著他打著石膏的手，有點心軟。畢竟人家是病人，每天喝那麼苦的藥，現在就這麼一點要求，能不滿足他嗎？

一個人在睏倦的時候更好說話，因為睏意會使人神經懈怠。

雲朵此刻被他可憐兮兮的模樣擊敗，就把他拉進房間，還不忘警告他，「你真的什麼都不能做，大夫說了，你必須禁慾。」

「好。」他信誓旦旦地保證。

她又有些猶豫，「我會不會壓到你的手？」

「不會，我睡妳右邊。」

躺在雲朵的床上，把心上人抱在懷裡，唐一白的心內充盈著幸福的感覺。她溫軟的嬌軀散發著迷人的氣息，身體的線條緊緊地貼著他，這不經意的誘惑令他有些口乾舌燥，心裡癢癢的，像是有什麼東西要拱出來。

他太瞭解那是什麼了。

慾望，揮之不去的慾望，一旦釋放出來，便是波濤洶湧。

不行，不可以，要先養好傷。當自己是神雕俠侶嗎，現在不可以！

唐一白努力壓下心頭的渴望。他深吸一口氣，心想：等手傷好了，我要做的第一件事不是重入水池，而是先把我家朵朵吃掉。

※　※　※

唐一白在接下來的幾天裡，基本上就過著紮針灸、喝中藥的生活，他感覺自己骨裂的地方脹脹的，並不疼，康爺爺說那是他的骨頭在生長。他們本來有家傳的神奇膏藥可以幫助快速恢復，不過考慮到他運動員的身分，為保萬無一失，還是要先等那個裂縫長好、石膏能拆掉再說。

雲朵履行了自己「跟蹤報導」的職責，介紹了唐一白的恢復情況。她幫他拍了幾張新聞照，最後選的頭條新聞圖是唐一白站在湖邊看風景的。他手上打著石膏，用充滿渴望的眼神望著水面，那個孤獨感就不用說了，讓人看了特別想抱抱他。

這期報紙很快就賣光了。許多粉絲看到那張照片直接掉眼淚，然後又開始罵那些殺千刀的行凶者，又透過各種方式催促警察局早日破案……

其實警察偵查的案情已經有了重大進展，但他們也不能每一步都向公眾彙報，這樣會打草驚蛇，增加辦案難度。

他們的重大進展就是，已經抓到了那幾個直接行凶者。三男一女，都是本地的小混混，抓到局裡之後，四個人一口咬定是自己看唐一白不順眼，死不承認有幕後黑手。警察們像在磨掉老鷹的野性一樣，審了兩天，最後那個女孩才鬆口。

據她交代，確實有人買通他們打傷唐一白，主使者全程透過電話聯繫，至於是怎麼找到他們的，暫時不清楚，只知道那個人的要求很奇怪——打斷唐一白的手。

他只要求打斷他的手，沒要求更高難度的重傷。另外還特別交代，只打唐一白就行，不許碰別人。而且那個人還說，骨折在傷情判定上屬於輕傷，他們就算被抓到，也不會被關太久。同樣基於這個原因，他要求就算他們被抓到了，也要主動承擔責任，不能供出主使者，條件是很多很多錢。

幾個小混混一開始也覺得這個人行為古怪，但他出手很大方，他們也就接下這個差事了。

警察們順著那位主使者的手機號碼追查，結果沒有查到有用的線索。對方在通話時特別小心，和幾個小混混的通話內容完全沒有暴露任何個人資訊，連聲音都做了處理。再加上此人之前做的布局，警察們把這個案件歸為智慧型犯罪。

查到這裡就查不下去了，幾個辦案的刑警只好又來找唐一白瞭解情況，希望他能回憶一下到底得罪過什麼人，或者和什麼人存在利益糾紛。

唐一白有點無奈，「我確實沒有仇人。跟我存在利益糾紛的可能是埃爾蒲賽、桑格、貝亞特這些國外運動員。說實話，我平常接觸的人裡，有能力搞這種智慧型犯罪的也不多……我覺得這個背後主使者不一定是我認識的人，會不會只是個陌生人，單純看我不順眼？或者他是桑格的狂熱粉絲，因為我說要挑戰桑格拿冠軍，所以他想給我個教訓？」

警察點點頭，「有這個可能，你是公眾人物，之前確實也有公眾人物被陌生人傷害的案例。好，回去我們再討論一下思路。現在我還有一個問題要問你。」

「你說。」

「根據我們的調查，攝影機安裝了有一段時間了，這說明那個人對你進行了長時間的監控，他早就醞釀要傷害你。或者，我們猜測，他之前可能做過一些嘗試。你仔細回憶一下，之前有沒有遇過一些可疑的事情？比如被人跟蹤？」

唐一白仔細想了一下，雲朵在旁邊看著乾著急，也幫他想，想了一會兒，兩人對視一眼，都搖了搖頭。

「你再仔細想想。除了身體傷害，對方很可能也會對你投放興奮劑之類的，國外發生過這種案例。你想想有沒有可疑之處？」

雲朵聽得心中一動，目光閃了閃，唐一白卻被搞得很茫然。

「沒有。我女朋友對這方面管得很嚴，我已經很久沒在外面用餐了，就算是喝水，我女朋友都只給我喝沒拆封的礦泉水。」

那警察佩服地看一眼雲朵，「小姐，妳的警覺性很高啊，妳很可能因此幫他擋了不少災禍。」

雲朵不好意思地點了點頭，她有些猶豫地問：「那個，我想知道，吃下興奮劑後會是什麼感覺？」

警察看看唐一白，唐一白有點疑惑朵朵為什麼這樣問，但還是回答了：「我也不確定，我沒吃過。不過理論上應該就是心跳加速、精神亢奮、感覺特別有力量，然後情緒可能比較煩躁，甚至暴躁。」

雲朵驚訝地捂著嘴巴，看看唐一白，再看看警察，她眨著眼睛，滿眼都是恐懼。

警察看出不尋常，問道，「小姐，妳發現什麼了？」

雲朵的心臟沉了沉，失神地說：「我、我可能吃過那個、興奮劑……」

「怎麼回事？」

「什麼時候？」

唐一白和警察幾乎同時發問。

雲朵緊張地抓住唐一白的手，而唐一白反握住她，側頭溫柔地看著她。

她吞了一下口水，對唐一白說：「就是那次，我們一起出門玩，去望龍度假村，在湖邊吃燒烤那次。吃過午飯回飯店時我就覺得不對勁，一整個下午我都特別亢奮，就像大力水手吃了菠菜一樣亢奮，覺得自己力氣變大了。」

唐一白若有所思，「難怪那次我和峰哥都被人舉報，難道真的有人下藥了？」

警察問，「你們被舉報之後呢？據我所知，你和祁睿峰這兩年都沒發生過禁藥問題。」

唐一白點點頭，「嗯，那次之後一切正常，我那天吃完飯，生理上也沒出現朵朵這種症狀。楊姊他們應該也沒什麼異常。如果真的有人下藥，他到底是在哪裡下的呢？我們六個人一起吃飯，好像只有朵朵出事？」

雲朵恍然地拍了一下腦袋，「是那個梅子酒！那天的梅子酒只有我一個人喝了！」

「是這樣？」

「嗯，我記得很清楚，因為我當時覺得很亢奮，就一直懷疑梅子酒有壯陽成分。」

她一臉嚴肅地說出這種話，讓唐一白和警察都忍不住笑出聲。唐一白捏了捏她的臉蛋，礙於警察在場，沒有親她。

雲朵發覺自己說的話略為羞恥，馬上捂了一下嘴巴。見到唐一白壞笑，她輕輕推了一下他的手臂，「不准笑！」

「好，不笑。」他努力將彎起來的嘴角壓下去。

警察問道，「妳確定梅子酒只有妳一個人喝？」

「嗯，我確定。楊姊他們都嫌棄梅子酒的酒勁小，說是女孩子喝的。明天也沒喝，明天喝的是啤酒。」

「度假村是誰訂的？」

唐一白答道，「是向陽陽，我們是同隊的，她不可能對我做這種事。」

「嗯，我先去找她瞭解一下情況，這個度假村是關鍵，我們會派人去調查。謝謝你們的配合，有進展我會通知你們。」

「不客氣，是我們該謝你才對，希望能早點破案。」

警察離開之後，雲朵拍了拍胸口，回想後恐懼漸漸襲來，臉色還是白的。

唐一白揉了揉她的腦袋，安慰她道，「現在不是沒事了嗎？」

「太玄了，唐一白，幸好你沒喝那個酒。如果你喝了，第二天肯定會被檢測出興奮劑成分，那時肯定是板上釘釘的事了，連神仙也救不了你。太可怕了，到底是誰啊，手段這麼陰毒？」

看著她坐立不安的樣子，唐一白吻了吻她的額頭，笑道，「不要怕，朵朵，現在我不會有危險了。妳看，小康伯伯說得沒錯，妳果然是我的貴人。有妳管著，我在外面才沒有中招。」

「太嚇人了，怎麼會有人壞到這個程度？唐一白，你到底得罪過什麼人啊？還是說對方真的只是個變態？」

「我也不清楚，先看看警察能查出什麼吧。」

唉，也只能先這樣了。

然而令他們失望的是，警察什麼都沒查出來。也是，都那麼久的事了，對方又是個智慧型罪犯，能留下的痕跡早就被抹殺掉了，監視器畫面也看不出什麼異常，所有接觸過梅子酒的人都大呼冤枉。折騰來折騰去，警察又回來找唐一白。

「最後一次，這是最後一次。」警察咬著牙，他也不想逼唐一白啊，可是他沒辦法，他對唐一白說：「最後一次，你能不能再仔細想想，你確定沒有得罪過什麼人嗎？從你的整個人生來看、思考一下。」

雲朵扯了一下唐一白的衣角，小聲說：「不然，你再想一下那個被你拒絕的姊姊？」

唐一白搖了搖頭，「不太可能是她，她挺善良的，而且她失蹤那麼久了，我也不覺得她會恨我到那個程度。」

警察眼睛一亮，「誰，你們說的是誰？失蹤了？這麼神祕？」

雲朵勸唐一白，「那你就跟警察說一下嘛，萬一是她呢？痛苦的感情經歷最容易導致女人心理扭曲。」

「好。」唐一白點了點頭，看向警察說，「這個人在幾年前和我有點糾葛，她叫林桑，是——」

他話還沒說完，就被雲朵打斷了：「什麼！！！」

聲調陡然提高，因為太過激動，聲線都變細了，帶著顫音。

唐一白嚇了一跳，「朵朵，怎麼了？」

雲朵睜大眼睛看著他，「你說，那個人叫什麼？」

「林桑。怎麼了？」

「她、她是不是有個哥哥？」

唐一白想了一下，「她好像確實說過她有個哥哥在國外，不過我不記得了。我很忙，和她在一起的時間也不多。朵朵，到底怎麼回事？朵朵？」

雲朵的眼睛瞪圓，像是受到了極度的驚嚇，唐一白叫她她也不理會。他擔心她，輕輕蹭她的臉蛋，「朵朵，妳到底怎麼了？說句話。」

雲朵的眼珠子滴溜溜地轉，「唐一白，講一講那個林桑的事情吧。」

唐一白有點擔憂，攬著她的肩膀說，「林桑是我當時的隊醫——」

剛說到這裡又被她打斷了。雲朵並不是喜歡打斷別人的話，只是此刻她太激動、太著急了。她問，「你的隊醫是女人？」

「對，你不知道？咦，我好像確實沒有強調過她的性別，原來妳一直以為她是男人嗎？」

雲朵耳邊突然響起一個人的聲音，男人口吻漫不經心地說她的新聞稿「有錯別字」。關於唐一白的採訪，關於隊醫事件的披露，「有錯別字」。

那錯別字不就是「他」和「她」嗎？

是她，是林梓的妹妹，就是那個躺在病床上的植物人，「小桑姊」。

不是同名，就是她。

得不到雲朵的回答，唐一白繼續說：

「那兩年林桑一直是我的隊醫，後來不是發生了那件事嗎？」他說著，見到警察滿臉疑問，於是把隊醫用錯藥，導致他禁賽的事件簡單解釋了一下，接著說，「林桑對此事很慚愧，過意不去，我那時候一肚子埋怨，對她態度也不好。有一次她情緒崩潰了，失魂落魄地橫穿過馬路，正好對面有輛汽車過來，我衝上去推了她一把，結果她躲開了，我自己卻被車撞到。幸好只是骨折，但對於當時我的來說，無異於雪上加霜。我也快崩潰了，偏偏林桑在那個時候和我表白，我一時沒忍住，就把她罵跑了。我說永遠不想看到她，結果真的一直到現在都沒有看到她。她應該是在和我賭氣吧。」

雲朵有些意外，「你那年的腿傷是因為她？你救了她？」

「對。」

「你怎麼不早點和我說？」她有些急。

唐一白察覺到她的情緒有點異常，好聲好氣地說，「抱歉，我覺得這也沒什麼可說的。況且我們在一起的機會那麼少，好不容易陪陪妳，說這些太浪費時間，浪費情緒。朵朵，妳到底為什麼著急，是不是發現了什麼？」

雲朵抓著他的手，「她沒有和你賭氣！她自殺了！」

唐一白嚇得愣住，「妳……妳怎麼知道？」

「我親眼看到的，她割腕了，現在變成了植物人！」

「她……她……」

唐一白搖著頭，震驚過後，他又有些自責。

她自殺是因為他嗎？因為他拒絕她、罵她、說永遠不想看到她？

雲朵的大腦飛快地思考著，她總覺得某些事情之間有些密切的聯繫，現在最關鍵的是抓到能把林桑和這次事件聯繫在一起的通道。

突然，她想起了那杯咖啡。

是啊，那天她除了喝過梅子酒，還喝過咖啡，最重要的是，相較於女人味的梅子酒，咖啡才是最可能被唐一白喝到的。那杯咖啡最初就是端給唐一白的！是林梓端給他的！

一切都明瞭了，雲朵心裡捲起驚濤駭浪，以至於她要深吸幾口氣放緩情緒。然後她對警察說：「我好像知道凶手是誰了。」

※　※　※

警察把林梓帶回局裡問話，而他並沒有逃走。

雲朵很難過。她一直是真心把林梓當朋友，卻沒想到，他從一開始的目的就是復仇。

他一直在利用她。他用那麼卑鄙陰毒的手段一次次地暗算唐一白，害得唐一白就要和世錦賽金牌失之交臂。

她又無比慶幸。慶幸唐一白躲開了林梓投放的興奮劑。打斷手，可能只是害了唐一白一陣子，而興奮劑，則會毀掉他一輩子。

唐一白震驚良久，才把此事消化完畢。沒想到自己如今遭逢的無妄之災，竟然是幾年前埋下的禍根。他覺得這對兄妹太偏執了，反正正常人難以理解。

可是現在林桑變成了植物人，如果追根溯源，到底還是因為他。

他嘆了口氣，對雲朵說：「朵朵，我想去看看她。」

第二天，雲朵把唐一白帶到了林桑的病床前。

林桑比以前瘦了許多，面色蒼白，像一張紙片躺在床上，唐一白幾乎快認不出她了。他低頭看著她說：

「林桑姊，我來看妳了。這麼多年來，我一直想和妳說聲對不起。我當初年少輕狂不懂事，口無遮攔，希望妳不要放在心裡。好吧，妳已經一直放在心裡了。我……也不知道該說些什麼才好。謝謝妳，謝謝妳曾經對我的付出。然後，對不起。」

雲朵看到他神色黯淡，莫名地很不舒服。她說，「唐一白，你不要這樣，不管你做了什麼，造成她自殺的原因都不是你，而是她自己。雖然林桑姊很值得同情，但我還是要說，我不贊同她如此輕視自己的生命。」

唐一白閉了閉眼睛，「我懂。但我總覺得愧對於她，如果我當時說話委婉一些，也許她就不會……」

雲朵紅了眼眶，「不是這樣的，唐一白！明明是她害了你，她害得你還不夠慘嗎？你好不容易挺過來，她哥哥又跑過來害你！你根本不欠他們什麼，相反的，是他們欠了你！你已經仁至義盡，別人愚蠢的決定不需要你來買單！」

唐一白側臉看她，看到她急得眼淚打轉，他有點心疼，抬手輕輕揉她的髮頂，溫聲道，「不要著急，朵朵，妳說的我都明白，我不會沉浸在無謂的過去中，我也不會為此而折磨自己。我只是……唉。」

雲朵上前一步抱住他，臉埋在他懷裡，悶聲說，「你是不是覺得我不夠善良啊？」

「不會。有時候，不分好壞的盲目善良比作惡更加可怕。我懂的，妳放心，這世界上我可能辜負很多人，但絕不會辜負妳。」

「嗯。」雲朵點了一下頭，心裡酸酸漲漲的，想掉眼淚，但絕不是因為難過。

這時，病房門口響起一道清冷的聲音：「你們在我妹妹面前秀恩愛，是不是太過分了？」

# 第十章

*Love is the best excitant*

雲朵一驚，放開唐一白，抬起頭看到林梓正站在門口。他抱著手臂，好整以暇地看著他們，臉色蒼白得像吸血鬼。

此刻看到林梓，雲朵還是難過得要命。她對好朋友付出了信任，他卻加以利用。重要的是他之前真的對她很好，還幫她化險為夷，她為此感動過，到頭來這美好的外衣下都是面目猙獰。

唐一白皺眉看著林梓，「你怎麼這麼快就出來了？」

林梓走進來，「警察沒有任何證據，最多關我二十四小時。」他這樣回答，視線卻一直落在雲朵身上。

雲朵仰頭和他對視。她看到他臉色平靜，目光冷清而無半點波瀾，像枯淡的井。看著他走到她面前站定，雲朵眼眶紅紅的，開口問道，「林梓，你是不是一直在欺騙我？你接近我的唯一目的就是傷害唐一白，是嗎？」

林梓看著她，突然從鼻間發出一聲輕笑，他說道，「妳以為呢？」

雲朵難受極了，她像是第一次認識林梓，死死地盯著他，目光漸漸變冰冷。

林梓移開視線不再和她對視。

他繞過她們，走到林桑的床前，低頭看著她，面目柔和，「小桑不想看到你們，請你們離開這裡。」

雲朵冷笑，「是沒臉看到我們吧？因為她有一個蠻不講理，心如蛇蠍的哥哥！」

林梓的臉色陡然陰鬱下來。

唐一白攬著雲朵，輕輕拍她的肩頭說，「林梓，你不要以為自己可以逍遙法外。」

林梓挑了一下眉，「不管你們想指責我什麼，都請拿出證據。另外，雲朵，妳覺得我蠻不講理？我的妹妹因為他而變成植物人，而他卻只是斷了一隻手，到底是誰蠻不講理？」

雲朵氣極，掙脫唐一白，上前兩步抬手——啪！一巴掌搧到他的臉上。

林梓被打得臉頭一歪，臉上立刻浮起淡紅色的手印。

唐一白擔心他對雲朵不利，連忙上前把雲朵拉到身後。雲朵卻又不管不顧地挺身而出，盯著林梓說：「我沒想到你會這樣顛倒黑白。唐一白是林桑的救命恩人，你就是這樣對待你妹妹的救命恩人嗎？林桑要是知道你這麼做，死也不會瞑目的！」

林梓看她一眼，像是看到了什麼極其好笑的事情，「他什麼時候救過小桑？我知道妳急著為情郎洗脫罪名，可是也不至於編這麼拙劣的謊言吧？」

雲朵有點意外，「你不知道？你不知道唐一白的腿為什麼斷了？」

「他的腿會斷是被車撞的，是小桑把他送去醫院。然後，小桑在情急之下向他表白，結果，」他說著，冷冷地看唐一白，「他讓小桑去死。」

唐一白擰著眉，「我絕對沒有讓林桑姊去死，我只是說不想再見到她。」

雲朵卻突然哈哈大笑，笑過之後，她搖著頭說，「我明白了，我原以為你妹妹只是性格不好有公主病，結果證明，她何止有性格問題，根本就是有人品問題！」

林梓拉下臉，「住口，不許這樣說小桑。」

「好，我問你，林桑是不是也對你說過，唐一白誤服禁藥那次是唐一白主動要求吃的，而不是她給唐一白吃的？」

「既然妳已經知道了，何必問我。」

唐一白聽了連連搖頭。他已經不知道說什麼才好了。

雲朵：「你被林桑騙了。她對你說謊，為了推卸責任。你在國外沒辦法瞭解情況，又那麼疼愛妹妹，當然林桑說什麼你信什麼。可是你有沒有想過事情的真相到底是什麼？」

「妳說我的真相不對，難道妳的真相就對？」林梓說完指著唐一白，「妳不也是因為喜歡他而相信他嗎？」

「那麼我問你，唐一白骨折那天，林桑為什麼突然向他表白？只是因為著急嗎？正常的著急不應該是跑前跑後、關心病情，然後確定唐一白到底能不能繼續游泳嗎？她那個時候哪有心情表白！」

林梓沒有回答。

雲朵說，「因為唐一白捨身救了她，正因為如此，她才誤以為唐一白也對她有情，所以她表白了。當然另一個原因是……雖然我很遺憾她成了植物人，但我還是要說，你妹妹她真的有公主病。她太自我了，她最愛的就是她自己，那種時候她不管唐一白的傷勢，只管唐一白是不是也喜歡她，所以她表白了。她堅信唐一白愛她，她以為他們之間的愛可以化解唐一白的痛苦。」

林梓面無表情地看著她，「那又怎樣？不管怎樣，結果已經造成，我妹妹成了植物人。」

「你……！」

雲朵氣得想撲上去打他，她冷笑道，「你認為林桑為什麼自殺？不是因為難堪，是因為愧疚！如果唐一白真的喜歡她，她也許還能厚著臉皮接受她造成的後果，但是唐一白一點也不喜歡她，甚至討厭她！所以她內疚了，她覺得自己犯下的錯誤不可饒恕。如果只是單純被拒絕，被她喜歡的男生說一句『去死』她就去死了，那她絕對是個腦殘、白痴！你妹妹她不是腦殘吧？

你認為她為什麼和你撒謊，說唐一白讓她去死？明明唐一白說的只是不想看到她。因為她自己想死了，而她卻連承認想死的勇氣都沒有，所以才把責任推到唐一白的頭上。林梓，你妹妹她太脆弱了，她心裡有病。」

「不可能，小桑不是這樣的……」

「在你眼中她當然不是這樣的，但很可惜，這就是事實。林梓，我記得你說過，你和林桑很小的時候就父母雙亡，是你把妹妹帶大的。這樣看來，林桑性格的形成和你有直接的關係。你總說你妹妹自殺是因為唐一白，實際上是因為你！你沒有為自己的妹妹做一個好榜樣，把她寵得不像樣，又脆弱又自我，還說謊成性，這都是你寵出來的！所以她現在躺在這裡的根本原因是你，是你把她害成這樣的！既然要報仇，你怎麼不先捅自己一刀呢！」

林梓臉色灰敗，只剩下搖頭。

他可以不承認那些事實，但是林桑悲劇的性格形成確實根源於他的驕縱，這一點他無法反駁。之前他一直下意識地回避了這一點，只是想為妹妹報仇，這樣心中的罪惡感也許會減輕一些。然而現在，真相被雲朵如此血淋淋地揭露出來，讓他措手不及。

「所以，」雲朵說，「林梓，你馬上去警察局自首，如果不去，我就以牙還牙，打斷你妹妹的骨頭。一天打斷一根，我說到做到！」說完朝唐一白揮手，「我們走！」

唐一白像個小跟班似的跟著她往外走。走到門口時，林梓突然叫她，「雲朵。」

雲朵停下腳步，並沒有回頭。

林梓說，「妳……是不是很恨我？」

「我不恨你，我只是看不起你。」

走出醫院後，雲朵的氣還沒消，一直板著臉，路過一個三四歲的小朋友時，她看了小朋友一眼，直接把小孩嚇哭了。

她看了身旁的唐一白一眼，發覺他正安靜地凝視她，眼神火熱。

雲朵有些不好意思地摸了摸後腦勺，「你……看什麼？」

唐一白突然把她拉進懷裡緊緊地抱著。他的懷抱還是那麼寬厚和溫暖，他一隻手按在她的後背上，輕輕摩挲著，掌心的熱量透過單薄的衣物傳到皮膚表層。

雲朵身體一鬆，靠在他懷裡，她的臉埋在他胸前蹭了蹭，小聲說：「在大街上呢。」

唐一白摟著她不肯鬆手。他有很多話想說，可是此刻他喉嚨發緊，心房滾燙，暖得他幾乎要落淚了。他只好低頭用下巴親暱地磨蹭她的頸窩，輕輕嗅著她的髮絲。

他的朵朵，平時軟萌得像個小兔子，今天突然成了暴走小兔，這一切都是為了保護他。

他真的要感謝上蒼了，讓他何其幸運地遇到她，愛上她，剛好她也愛他。他甚至想，這輩子有她就夠了，即使拿不到金牌，也沒什麼好遺憾的。

朵朵啊，我的朵朵。我這輩子都不會放手了，我要用我餘下的所有生命來愛妳，我要把我此生所有的愛都給妳。

唐一白一直沒說話，雲朵有點小小的忸怩，問道，「姊剛才帥吧？」

「帥得突破天際。」

雖然唐一白很感動，但他不忘叮囑雲朵：「朵朵，妳不要真的去打林桑。」

「為什麼?你心疼她啊?」

「不是,我不希望為了這件事把妳自己也摻和進去。畢竟傷害罪是犯法的,即使對方是植物人。妳放心,君子報仇十年不晚,就算警察找不到證據抓他,這個仇我記下了,以後會有機會報復回來的。但不管如何,我都不希望妳為此去冒險。」

「好吧,你放心,我也只是嚇唬他。士氣,士氣懂不懂?」

他笑著刮她的鼻子,「懂。」

下午警察打了通電話給唐一白,對林梓的事情表示很抱歉。雖然林梓有重大嫌疑,但是……他們找不到任何證據。局裡甚至連測謊器都用了,依舊拿林梓毫無辦法。

然而第二天,那個警察又打來電話。他們告訴唐一白,林梓已經自首了,對自己買通凶手傷害他人的罪行供認不諱。

案件就此水落石出,輿論對警察局公告中說的「林某」一片譴責,雲朵終於也放下心來——不用再擔心突然冒出一個人對唐一白不利了。

唐一白的療傷生活幾乎沒什麼變化,唯一不同的是小康伯伯每天講的故事內容。這位伯伯在「神棍」和「神醫」兩種身分間毫無阻礙地自由切換,硬生生編造出了七個可歌可泣,可悲可嘆的愛情故事。

唐一白聽得津津有味,雲朵也聽了,聽完就哭得唏哩嘩啦的,感覺自己和唐一白都快被弄成神經病了。

※　※　※

在唐一白受傷後的第十二天，徐醫生幫他照了一次X光，片子出來後，徐醫生很高興。「一白，你的骨痂已經長好了！」他拿著片子嘖嘖搖頭，「太神奇了，不到兩週！」

一般來說，骨痂是骨傷癒合最關鍵的一步，骨痂長好之後，就可以拆石膏了。當然，拆石膏不代表痊癒，想要痊癒，還要等骨痂的改造塑形結束。

說來也算唐一白運氣好，他被打時躲了一下，雖然沒躲開，但卸下了很多力道，所以才只是骨裂，沒有直接骨折。骨裂的裂縫也比較小，恢復起來相對迅速。他又很年輕，身體素質好。

雖然如此，不到兩週就長好骨痂，這也算一個小小的奇蹟。如果用徐醫生自己的方案來治療，就算是最樂觀的估算，他也不敢這樣想。徐醫生不得不震撼於傳統醫術的神奇，然後又有點遺憾，這麼強大的醫術他卻不能學。真是的，現在都什麼年代了，還傳男不傳女。如果後代們只生了女兒，是不是要把祖宗的寶貝帶進棺材啊？

拆除石膏後，徐醫生幫唐一白做了力量測試，確認一切沒問題，就讓他帶著片子離開了。

唐一白拿著片子，先給了雲朵一個擁抱。他笑道，「終於可以用兩隻手抱妳了。」

嗚嗚嗚，為什麼這麼普通的一句話會讓她感動……

雲朵拿著片子問小康伯伯，「兩週長好骨痂，那麼接下來骨痂塑形也要兩週嗎？這樣一來四週就能痊癒？」

小康伯伯笑道：「塑形可能用不到兩週。」

「真的嗎？為什麼？我聽說塑形沒那麼容易啊。」

「因為可以貼膏藥了啊，我們康家膏藥才是最神奇的。」

康爺爺不愛看片子，他讓唐一白動動手腕，然後看了看、捏了捏，最後點點頭，閉目沉思了一會兒，重新定了藥方。最後又不忘叮囑這對小情侶：不許行房事！

雲朵簡直囧得不行不行的。

接下來唐一白的治療內容除了中藥和針灸，又多了一項貼膏藥。

由於他的右手解放了，每天的小小福利——由雲朵親自幫他穿衣服、脫衣服就沒了。對此他難免有點遺憾，不過很快他就找到了新的樂趣。

當著雲朵的面脫衣服……

他的動作很緩慢，慢悠悠地一點一點暴露自己，似乎在悉心照顧唯一一個觀眾的感受，希望她能看得過癮。

雲朵的內心幾乎是崩潰的：「唐一白，你不要變態會死嗎？」

唐一白笑，「這樣就算要變態了？等哥真正變態的時候，妳不要哭。」

雲朵紅著臉扭過頭，假裝看不見他。

唐一白看著她俏紅的臉，目光漸漸變得暗沉。

她不知道唐一白這幾天都是怎麼熬過來的。每天晚上懷抱著溫香軟玉入睡，實際上卻素得像個和尚，他要很努力地壓抑自己身體上的衝動，這真是甜蜜的煎熬。

反正這幾天壓抑得他心態已經不正常了，覺得自己像頭餓狼，看向雲朵的目光總是幽幽地竄著邪火，像是在看一塊美味的肥肉。雲朵還無知無覺，偶爾不經意的一個眼神、一個小動作，對他都是深深的蠱惑。

日子真是快要無法過了。唐一白覺得，再這樣下去，他早晚會變成變態。

※　※　※

唐一白受傷後的第二十天，經過康爺爺和徐醫生兩種不同方式的診斷，他們得出一個相同的結論：唐一白痊癒了，可以重新進泳池了。

雲朵高興得一蹦三尺高，一個個擁抱他們。康爺爺冷不防被一個小女生抱一下，有點囧，接著面癱臉上染了一絲不易察覺的笑意。

因為唐一白很快就要歸隊，雲朵也不會在康復中心待著，就打包東西回家。康家父子要在B市玩兩天才回去，徐醫生是他們的導遊。

下午，唐一白把雲朵送回家。

外面正下著小雨，細雨如絲，空氣濕潤。唐一白撐了一把傘，他個子高，傘頂高高地撐起來，像是一片天空。雲朵待在這片天空下，感覺特別開闊。

回去時，唐氏夫婦不在，只有二白獨自看家。二白好久不見雲朵，看到她特別高興，踮著腳往她身上撲。牠太胖了，雲朵差一點被牠撞倒。

她揉著牠的脖子笑道，「二白想我了吧？好好好，我知道想我了，好孩子，來抱抱……」

二白激動得嗷嗷直叫，尾巴搖得像是要飛起來。

唐一白有點討厭二白，拖著牠扔進書房，「砰」地一下重重關上門。

雲朵彷彿聽到了二白的哀嚎。她有點囧，「你為什麼要這樣對待牠？牠還是個孩子！」

「對我來說，牠是一隻會叫的電燈泡。」

兩人換好鞋，唐一白把雨傘扔在洗手間晾著，出來時看到雲朵把行李箱提至離開地面，往她的臥室走。行李箱的輪子上有泥水，她怕弄髒地板。

唐一白走過去，一手搶過行李箱，提著它大步走向臥室。

「喂喂，」雲朵嚇得追上去，「你的手，不要提太重的東西！」

「不要擔心，已經好了。」

他走進房間，把行李箱放下，雲朵卻著急地拉過他的手檢查一番，一邊檢查一邊抱怨，「至少要小心一些嘛，能少用就少用。萬一……」之後的話不吉利，於是她沒繼續說。

唐一白卻沒說話。雲朵有點疑惑，仰頭看他，見他此刻正低頭注視著她，目光灼熱。

咦？這氣氛不太對啊。

她還沒來得及思考，唐一白突然抬起她的下巴，吻住了她。他的吻迫切、狂熱，像是火山爆發一般快要將她吞沒。雲朵就這樣突然被帶進了深吻的漩渦，有些慌亂地回應他，被他吻得暈暈的，身體發軟。

直到他放開她，然後把她攔腰抱起，扔在床上。

雲朵被床墊彈得身體起伏了兩下，有些手忙腳亂，想要坐起來。然而他的身體卻突然壓下來，罩住了她。

激吻再次掠奪她的理智，她慌得手腳不知道該放在哪裡，總覺得今天的他不太一樣，狂暴而強勢，令人心慌。她想推開他，但哪推得動。他壓著她的身體，兩人貼得緊密，然後感受到他身體的變化。她心想，他確實禁慾太久了，真是不容易。於是雲朵這次紅著臉主動向下探手，「幫」他。

每次做這種事情她都會羞得要死。

唐一白弓起脊背配合她，他放開她的嘴唇，親吻卻沒有停留，一路向臉頰蔓延到耳朵，伸出舌尖舔她的耳廓。

雲朵被他弄得心弦亂顫，下意識地輕輕「哼」了一聲，呼吸淩亂，音調打著彎。只是不經意間的一聲輕哼，倒像是取悅了他，他親得更加肆無忌憚了，含著她的耳垂輕輕咬，然後吻向下慢慢地爬。

柔軟濡濕的感覺順著脖子一路到達鎖骨，雲朵說不出那種感受，不是簡單的「好受」或者「不好受」，有些陌生，像一把鉤子要勾出她意識裡一些難以啟齒的東西。

她有點慌了，本能性地想要抗拒那陌生而新奇的刺激，輕輕推著他的頭。

唐一白的手順著她的腰際探進衣服裡，指尖小心地摩挲纖腰上光滑柔膩的肌膚，力道輕而緩慢，無聲地挑逗。雲朵終於意識到他想要的可能不只是「幫」他。

她嚇得連忙拉開他的手，掙扎著想要離開他身體的籠罩。

唐一白放棄她的鎖骨，又抬頭親她的嘴唇，一邊親一邊急切地說，「朵朵，妳有沒有為我準備慶祝我痊癒的禮物？」

「呃……」雲朵腦子有點亂，她此刻被他上下其手著，也不能思考了，只好問，「你想要什麼禮物？」

「我想要結束二十三年的處男之身。」

「……」雲朵喘著粗氣說，「不是，你冷靜一下。」

「冷靜不了。」他說完重重挺了一下腰，以有力的事實證明他此刻確實無法冷靜。

「可現在是白天……」

「妳閉上眼睛就是黑夜。」

「不行啊，唐一白……」

「朵朵，我求求妳了，朵朵。」

他求她，聲音裡帶著沙沙的啞，溫柔甜蜜得不像話。他又親吻她，密密麻麻的吻，像一張逃不開的網，覆蓋著她。

雲朵的防線快要崩潰了，說出了最後一個堅持：「可是我們沒有安全措施……」

「有。」唐一白起身拉開抽屜，從裡面取出一個套套。

雲朵看得傻眼，「你什麼時候藏進去的？我怎麼沒發現？」

現在可不是聊這種話題的時候。唐一白像隻敏捷的豹一樣，又竄回來緊緊摟著她。他瞇著眼睛看她，漂亮的眼睛裡搖盪著洶湧的慾望和哀求：「朵朵，可以嗎？」

雲朵再也拒絕不了他，紅著臉點了點頭。

然而她很快就後悔了——

動！」

「疼！！！！！」她疼得眼冒淚光，氣得捶打他的胸口，「你快出去！」

唐一白看到她這樣也好心疼，聽話地想先放棄，然而他剛動了一下，她又打他，「不許動！」

唐一白：「……」

兩人便這樣僵持著，雲朵疼得掉眼淚，唐一白也不好受，忍得臉紅，滿頭是汗。他低頭吻她的眼淚，嘆氣道，「妳……太小了啊。」

雲朵氣呼呼地道，「怎麼不說是你太大了！」

唐一白愣了一下，緊接著一陣悶笑，眼尾輕挑，春水般的眼波肆無忌憚地蕩漾著，眸光像是溫柔的桃花瓣，全落在她臉上。

雲朵羞得無地自容，拉過枕頭蓋住臉，裝鴕鳥。她開口，聲音透過枕頭傳出來，顯得悶悶的：「你給我快一點！」

他笑意未消，「遵命。」

雲朵躺在床上，看著手腕上的瘀青有氣無力地說，「唐一白，你太殘暴了！」

唐一白從她身後摟著她，兩人肌膚相貼，不留一絲空隙。他內疚地說，「對不起，很疼嗎？」

她輕輕翻了個白眼，「你說呢？」

那塊瘀青是唐一白抓的。他激動到不可控制時，手勁不分輕重，硬生生抓出了痕跡。

當然了，最疼的不是這裡……

雲朵有些悲憤。同樣是初體驗，為什麼男人和女人的感受相差這麼大！

身體的不舒服也讓她心情不好，臉色臭臭的。

唐一白心疼極了，親了親她，然後下床為她找藥膏。找到藥膏後，雲朵又要洗澡，他就把她抱到浴室，在他準備和她一起洗個鴛鴦浴時，唐一白被轟了出來。

唐一白於是去把房間整理了一下，垃圾倒掉，床單被套換下來，扔進洗衣機裡滾，然後火速去主臥室沖了個澡。

等她洗完澡時，他用浴巾裹著把她抱回到床上，在她不太友好的目光中，仔仔細細、任勞任怨地幫她擦藥膏。

像個孫子一樣伺候她。

雲朵不只手腕有瘀青，胸口上也有，腿上也有……她挺無語的：「感覺自己被家暴了。」

「朵朵，我錯了，下次我一定會輕一點。」

「哼。」

他就這樣低頭專心地幫她擦藥，時不時抬眼看她一眼。那目光像水，能把任何雌性生物溺斃在他的溫柔裡，雲朵被他這樣溫柔的視線包裹，莫名就生不起氣了。

嗚嗚嗚，真是太沒出息了……

擦好藥，兩人各自穿好衣服。因為雲朵身體不舒服，他們不能出門約會了，兩個人便靠在沙發上看電影。

雲朵有點擔心二白，「你把二白放出來吧？」

唐一白說，「妳剛洗完澡，二白身上有病菌，不要碰牠了。」

雲朵有點囧，這是什麼理由啊！

不過唐一白還是良心發現，拿吃的去補償二白。但誰知道二白突然變聰明了，就躲在門口，唐一白一開門，牠「嗖」地一下躥出去，像一道肥胖的閃電。

出去之後，二白一頭紮進雲朵的懷裡，撒嬌地蹭她，嗷嗷地叫，叫聲有那麼一點委屈。

然後，唐一白和雲朵之間就多了一個哈士奇形狀的電燈泡。

等二白把激動的情緒發洩完了，牠趴在沙發上，頭枕著雲朵的腿，雲朵一下一下有規律地摸牠的頭。她扭臉對唐一白說，「你該走了吧？」

「不急。」

他此刻不想和她分開。哪怕就這樣坐在一起不說話也好，他想和她多待一會兒。

雲朵有點擔憂，「你還是快回去吧，要不然伍教練會罵你。」

唐一白搖頭道，「沒事，伍總帶著我們同組的隊員上高原了。」

喔，她竟然把這件事忘了。

雲朵這個時候才發現，她曾經對游泳隊的關注完全是以唐一白為中心，唐一白去哪裡她就關注到哪裡。那時候唐一白去高原，她就到了高原，現在唐一白沒去高原，她就沒意識到別人也要去。

可是隊上並不只有他一個運動員。伍教練也帶著好幾個，不能因為唐一白一個人而荒廢了其他人，即使唐一白是其中最優秀的。

然而不管怎麼說，別人都去高原了，唐一白卻孤零零地留在這邊，她也不知道為什麼就有種淡淡的憂傷。

唐一白見她神色暗了暗，揉著她的頭髮安慰道，「不用擔心，伍總離開前幫我安排了任務，而且他們過幾天就回來了。」

雲朵點了點頭，「不然，你現在就回去吧？」

「才剛下床就趕我走，朵朵妳好狠心。」

雲朵的臉紅了，氣呼呼地看他一眼。

她的目光水汪汪的，他看一眼就心癢癢。

她說道，「我現在在和你說正事呢！你那麼久沒訓練，要馬上回泳池。」

「反正已經耽誤了二十天，不介意再多等這一時半刻。」

「唐一白，去一次療養院就把你養成懶蟲了？」

唐一白笑，「說起來，我確實很懷念那裡的生活，可以每天抱著妳睡覺。」

雲朵不想理他了，低頭逗二白。

唐一白嘆了口氣，「看完這個電影就走。」

雲朵心裡酸酸的。她也捨不得他離開啊，可是他有他的事業，有他的夢想。康爺爺他們費那麼大力氣幫他搶出來的時間，他一分一秒也不能放過啊。世錦賽對他來說太重要了，雖然不指望拿獎牌，但至少要以最好的狀態去經歷，去鍛鍊。

說出這句話之後，唐一白感覺時間像決堤的水一樣，流失得飛快。

電影很快就播完了，他看到最後也忘了電影演了什麼，他只知道又要和朵朵告別了。

雲朵把他送到門口，主動親了他。

唐一白說：「朵朵，記得想我，有空時來看我。」

「嗯。」

※　※　※

第二天，朵朵回單位上班。她雖然半個多月沒在單位出現，但這裡一直有她的傳說——她的稿子三不五時就會出現在報紙上，且幾乎每次都是頭條。因為那是關於唐一白傷情進展的報導，也是獨家報導。許多媒體的實力比《中國體壇報》雄厚，到頭來也不得不乖乖引用他們《中國體壇報》的稿子。

託唐一白的福，雲朵現在在報社裡的地位非同一般。

也有人在背後猜測她和唐一白的關係，反正不管猜測到什麼程度，就算是「雲朵為了新聞主動獻身給唐一白」這麼勁爆，他們也沒有鄙視雲朵，而是向她投注了深深的羨慕。

能泡到唐一白這種極品帥哥，誰不羨慕？別說是帶著利用他的目的了，就算是被他利用，我們也願意啊！

※　※　※

唐一白歸隊後立刻去泳池游了幾圈。

因為有不少隊員上高原了，所以訓練館裡滿少人的。他一個人獨占了一大片水域，不去計較距離和速度，只閉眼認真體會水帶給他的最直接感受。清涼的水流滑過皮膚表面，動作中帶起一團一團的漩渦，順應漩渦的力道划水，足部靈活地交替擺動，像小船蕩起的槳。

他像一條悠閒的魚在水中游蕩，忘記了時間，忘記了疲憊，就快要融化在水寬廣浩瀚的胸懷裡。

出水後，他抹了一把臉，看到岸邊站著一個人。

是徐領隊。

徐領隊一點架子也沒有，彎著腰看他問：「怎麼樣？」

唐一白笑道，「還行，有點陌生。」

水感這東西有先天的因素，也有後天的因素，兩者缺一不可。競技體育爭的是極限，是極致，是日積月累的打磨、分秒必爭的雕刻。唐一白一連二十天沒游泳再次下水，在普通人看來他依舊游得悠哉悠哉，但是在水中那種精微的變化，只有他自己能體會到。

徐領隊很理解這種狀態。他倒並無傷感，主要是已經想通了，對這次唐一白的世錦賽之行不抱什麼期待。就當作是一次鍛鍊，能進決賽最好。

隊裡甚至有人提出要把唐一白換掉，讓別的隊員上。這個聲音只獲得極少數人的支持，更多的人覺得瘦死的駱駝比馬大。唐一白參加一百公尺自由式，尚有進決賽的機會，別人就不一定了，要進決賽是要超常發揮才能做到。

徐領隊真正遺憾的是兩個團體項目：男子四乘一百公尺混合式接力和男女四乘一百公尺混合式接力。如果沒有唐一白，這兩個項目中國就完全瘸腿了，到時候只能讓祁睿峰上，可是祁睿峰要游的項目太多了，總會顧此失彼，何況祁睿峰的一百公尺自由式成績在世界範圍內並不算優。

唉，他一個人竟然關係到三個項目的生死，這次真的太可惜了。

徐領隊想著想著，終究還是憂傷了，鼓勵了唐一白一番，就轉頭找人傾訴去了。

唐一白不以為意，掉頭紮進水裡，繼續悠哉悠哉。

※　※　※

過了幾天，雲朵被報社派來報導唐一白恢復後的訓練情況。

劉主任已然想通，只讓雲朵追著唐一白報導，高原那邊另外派了錢旭東和孫老師過去。

雲朵先聯繫了徐領隊和伍教練，得到對方首肯之後，她來到訓練基地。

偌大的泳池裡只有幾個隊員在游，唐一白自己占了一大片地盤。雲朵一邊看一邊拍照，也不知道是不是因為情人眼裡出西施，雲朵總覺得唐一白的泳姿是最漂亮的，比美人魚都還要漂亮。

她知道他最近很努力，每天都為自己加訓。

以前唐一白幾乎不加訓，只要把每一天的訓練任務做好就行，因為他覺得教練是專業且值得信賴的，只要乖乖聽教練的話就好。可是現在，在面對熟悉又陌生的水時，他每天都儘量多游一會兒，教練要他游一萬公尺，他就游一萬兩千公尺。

伍勇知道這件事，對此伍勇倒也沒有阻止他，只叮囑他每天都要看隊醫，防止因勞累過度手傷復發。

這樣的他讓雲朵特別心疼，可又不知道要怎麼疼他。

唐一白的水中訓練結束之後上岸休息了一下，然後站在泳池邊擺了幾個姿勢給雲朵拍。他的好身材讓人見一次愛一次，雲朵一邊拍一邊有點心跳加速。拍好之後，雲朵舉著錄音筆想要採訪他，他卻笑道，「不用問了，妳想怎麼寫都行。」

雲朵哭笑不得，「哪有你這樣的？照顧一下我的職業素養好不好？」

唐一白於是板著臉，公式化地回答她的問題，答了一會兒也不知道觸動了他哪根筋，莫名其妙就笑場了，笑完之後顧不上這是在採訪，拉過她就親。

雲朵：「……」還有比他更任性的運動員嗎！

唐一白去洗了個澡，泳池水的腐蝕性很強，每次出水後必須先洗澡。然後他帶雲朵去了訓練室，他要繼續陸上訓練。

雲朵以前也看過唐一白進行陸上訓練，但今天是第一次看到他半裸著進行陸上訓練。他打著赤膊，只穿一條運動短褲，訓練時的動作牽動身上肌肉活動，一起一伏的，像是美妙的樂章。窗外陽光照進來，灑在他汗濕的胸膛上，那汗珠晶瑩透亮，晃得人眼有些迷眩。

雲朵拍了幾張照片，忍不住吞了一下口水。

唐一白笑咪咪地看她，「在想什麼呢？」

她紅著臉不理他。

最後她決定訓練室內拍的那幾張照片就不傳給報社了。我男人這麼性感迷人，如果有人為了他瘋狂，做出傻事怎麼辦？我這麼做可是在拯救人類……

拍完照，他們就進入和以前一樣的約會模式了。他認真地訓練，她安靜地觀看，偶爾自己玩玩這裡的器材。

等陸上訓練也做完，他再去洗個澡，兩人就可以一起去吃晚飯了。吃完飯，坐在訓練場旁邊看小朋友踢球。

因為和心愛的人在一起，所以無論做多麼平淡的事情，都感覺分外充實和幸福。

雲朵靠在唐一白懷裡，說出今天一直想說的話：「唐一白，你不要累到自己。」

唐一白一下一下地撫摸她的頭髮，答道，「沒關係，不累的。」

「萬一加訓時累到呢？」

雲朵其實想說的是，萬一又弄傷了剛剛痊癒的手怎麼辦，可是這句話多麼不吉利啊，她堅決不會說出口。

他笑道，「朵朵，妳心疼我？」

「唐一白，我在說正事！你也不要太拚了，就算拿不到獎牌也沒關係。」

拿不到獎牌，我對你的愛也不會減少半分……這麼肉麻的話她當然說不出口，就在心裡想想就好啦。

「朵朵，所有人都放棄了期待，包括妳。但是我不會放棄，永遠不會。」

雲朵聽得怔了怔。

永遠自信而強大，永遠堅定而從容，即使全世界都懷疑他，他也絕不懷疑自己。

——這就是他，這就是她愛的男人啊。

晚上唐一白的水中訓練結束後，雲朵想要道別。

「我送妳吧。」他說，「出去走走。」

兩人走出訓練館，在基地裡牽手散了一會兒步。夜晚很安靜，路燈把他們的身影拉長，縮短，又拉長……不知不覺就來到宿舍，雲朵有點遲鈍，還沒有反應過來這是他故意的，她笑道，「算了，你送我那麼多次，這次換我送你，你快上去。」

唐一白抿了抿嘴，低聲說：「朵朵，伍總和峰哥他們後天才回來。」

「我知道啊，所以？」

「所以，今晚宿舍裡沒別人。」

「……」

雲朵此刻才明白了他把她帶到這裡的意圖，她的臉龐發熱，「唐一白，你能不能專心訓練！」

「我訓練時很專心，現在是休息的時候。」

雲朵說不過他，轉過身，「我先走了。」

唐一白卻拉住她，「這麼晚了，妳就在這裡休息吧。妳放心，如果妳不想要，我就什麼都不做。我可以睡峰哥的床。」

「可是這樣會違反規定。」

「沒關係，徐領隊那邊我已經打好招呼了。」

「你……」

聽起來像蓄謀已久的樣子……

她還在想拒絕的理由，唐一白卻不等她，一彎腰，直接把她扛在肩上。

雲朵整個世界天旋地轉，很快頭朝下，血液不斷往大腦流，憋得臉紅極了，拍打著他的後背，「唐一白！你快放我下來！」

唐一白扛著她走進宿舍，笑道，「朵朵，妳再大聲一點，整棟樓的人都能聽到。」

雲朵立刻閉嘴了。不過手卻沒停，依然在捶打他。

對他來說，她那小粉拳的襲擊根本算不上痛，只是癢。

不只皮肉癢，心裡也癢。

他把她扛進宿舍，門關好，反鎖，然後把她放在床上。

雲朵整理了一下淩亂的頭髮，低著頭不看他。

唐一白見她連耳垂都紅了，不知道是害羞還是血液倒流的緣故。他覺得有些好笑，坐在她身邊，靠得很近，「朵朵……」

雲朵突然站起來。這麼晚了待在他的臥室裡，讓她有點緊張。

她結結巴巴地說，「那個，我、我想洗個澡。」

「好。」

唐一白拿了嶄新的牙刷和毛巾給她。誰會在自己常住的地方藏著牙刷和毛巾，又不是飯店。要說他不是蓄謀已久，雲朵打死也不信。

她拿著東西逃也似的躲進浴室，然而很快又探出頭來，「唐、唐一白？」

「怎麼了？」

唐一白挑眉看她。她覺得他像是在忍笑。

「你……有沒有備用的睡衣呢？」

「沒有。」

「……」

沒有是什麼意思？難道要她洗完之後光著身子出來？好變態！

雲朵羞得要死，「唐一白！你怎麼能這樣對待你的女朋友！快點把睡衣交出來！」

唐一白找了一件乾淨的紅色印花短袖T恤，從門縫裡遞過去，「我的睡衣妳穿不了，勉強穿上這個吧。」

「好，謝謝……等一下……」

「怎麼了？」他隔著門縫看她。

她躲在門後弱弱地說，「有沒有內衣？」

「女生的內衣？」

「嗯，最好是。」

唐一白笑了，「我一個大男人會有女生的內衣嗎？如果我真的有，妳就該鬧分手了。」

「我不是那個意思……你的可不可以借我用一下？」

「不可以。」

「為什麼？」

為什麼？如果妳站在一個男人的角度思考這個問題，答案就呼之欲出了……

唐一白忍著笑，一本正經地說：「隊上流傳著一個禁忌，就是堅決不能把自己的泳褲和內衣給別人穿。我不知道為什麼，但我一直都照做。」

雲朵就真的傻傻地相信了。

唐一白坑了女朋友，心情棒棒的，聽到雲朵的手機響起，看一眼來電顯示。是他媽媽。果斷接了。

唐一白：「媽。雲朵在我這裡，正想打電話給妳呢。」

『知道了。哼，情場和賽場你總有一個要得意的。』

「我選擇兩個都得意。」

路女士不置可否，教育兒子：『你給我小心一點。如果讓雲朵懷孕了，你們就結婚吧。』

唐一白被她媽媽說得有些臉部發熱，乾咳一聲後答道，「我都知道。」

『唐一白。』

「嗯？」他有點疑惑，媽媽竟然如此鄭重地叫他大名。

『不管你做什麼，媽媽都支持你。』

唐一白幾乎要熱淚盈眶了。

要知道他媽媽一直是一個比較冷淡的人，用現在流行的詞來說就是「傲嬌」，想從媽媽嘴裡聽到一句支持實在太不容易了，他好感動啊。

「媽……」

路女士接著又說，『畢竟你是我的兒子，雖然有時候我很想把你扔掉，重新生一個。』

算了，感動什麼啊。

掛了媽媽的電話之後，唐一白傳了封訊息給祁睿峰。

唐一白：峰哥，我能睡你的床嗎？

祁睿峰：你尿床了？

唐一白：……

祁睿峰：放心，我不會說出去的。

唐一白：我沒有尿床！我只是問你一句，你只要回答「不能」就好。

祁睿峰：為什麼不能，你是我的好兄弟，你在我床上撒尿都可以。

我為什麼要在你床上撒尿啊？像神經病一樣的思維……

唐一白簡直不敢相信他和這麼神奇的人當了這麼多年的好朋友。他捏了捏額角，突然不知道怎麼跟他溝通了。

他只好說：算了，不提這個了，當我什麼都沒說。

祁睿峰：喔，你訓練怎麼樣？

唐一白：一切順利，就是恢復水感和平衡訓練。

祁睿峰：嗯，不要太著急。

唐一白：嗯。

祁睿峰：唐一白，高原的朋友送了我們好多犛牛肉乾，全是有機食品，很好吃，我帶了一些回去給你吃。

唐一白：好，謝謝。

祁睿峰：跟我客氣什麼。

祁睿峰：喔，對了，我今天洗澡時被向陽陽看光光了。

唐一白：！！！！！！！

捫心自問，他不是一個八卦的人，但關於峰哥的事，他還是很好奇，於是問：然後呢？

祁睿峰：然後我超生氣，我要她負責。

唐一白好激動，又問：所以？

祁睿峰：所以我要她把犛牛肉乾都賠給我，現在我有雙份的肉乾可以吃了！

唐一白：……………………

祁睿峰：怎麼了？

唐一白：沒什麼，你開心就好。

他看了幾條訊息，又用分身帳號發了條微博，然後丟掉手機，靜靜地等待雲朵。

當等待混合了期待，時間就顯得格外漫長。

雲朵洗好之後出來，邊走邊擦著濕漉漉的頭髮。她穿著唐一白的大拖鞋和大T恤，T恤對她來說太大了，直接可以當裙子穿，然而裙子下面什麼都沒有……光溜溜的，讓人特別沒有安全感，連走路都不自覺地用力併攏腿。

感覺自己像個色情狂啊！

唐一白坐在椅子上，長腿交疊，一雙手握在一起規規矩矩地放在膝蓋上，坐姿特別端正。從她出來後，他就盯著她看，目光一直在她身上，暗沉沉的，視線把她從上到下溜了一遍。看到下半身時，有片刻短暫的停頓。

雲朵的臉燒起來了，真的很想捂著臉轉身跑走。

唐一白挑了挑眉。

雲朵強裝鎮定，擦著頭髮問唐一白，「有吹風機嗎？」

「有，我幫妳吹。」

他讓雲朵坐在床上，自己坐在她身後，把吹風機插在床頭的插座上，然後抓著她的頭髮幫她吹。

第一次幫女生吹頭髮，而且是長髮，他顯得有些笨拙，將吹風機開到最大，頭髮抓得散亂，不少髮絲被吹到前面，蓋得雲朵滿臉。

雲朵無語道：「我現在是不是很像貞子？」

唐一白說，「我從後面看起來不像。」典型的逃避問題。

雲朵：「我覺得自己被沙塵暴攻擊了。」

唐一白：「忍一忍就好。」

吹個頭髮還需要「忍一忍」嗎……

後來他總算找到了技巧，抓著她的頭髮一把一把地吹，吹得乾燥又蓬鬆。

雲朵自己努力用手指梳順亂亂的頭髮。男人的老巢，她就不指望有梳子這類東西了。她一邊梳著頭髮一邊說，「感覺像是在抓蝨子耶！」

唐一白被她逗得笑出了聲。他丟下吹風機，從背後摟住她，「妳怎麼那麼可愛？」

雲朵被他拖進懷裡，突然有點警戒。初體驗那次的疼痛太深刻了，短時間內她可不想再來一次。她掰開他的手，「你去祁睿峰的床上睡。」

「嗯。」

他雖然答應了，卻撩開她的頭髮親吻她的後頸，絲毫沒有行動的打算。

這個人怎麼這麼無賴！雲朵向前彎腰躲他，「唐一白！你明天還要訓練呢，快去睡覺！」

他笑著撲上來，「朵朵，妳要是真的想讓我睡得踏實，現在就順從我吧！」

「不行，我怕疼！」

「我保證這次不疼。」

「信你才有鬼。」

「真的，我現在每天晚上都抽出十分鐘來學習。」

「學什麼？」

剛問出口，她卻已經明瞭，頓時羞得滿面緋紅，「你色狼啊！」

他把她放倒在床上翻身壓住，伏低身體輕輕親吻她，一邊親，喉嚨裡溢出悅耳的笑。他說：「現在到驗收成果的時候了。」見到雲朵一臉抗拒，他又說，「朵朵，如果妳真的疼，到時候再喊停好不好？我保證聽妳的話。」

雲朵有點猶豫，但是見他一臉討好的樣子，只差在身後裝一條尾巴了。她狠不下心拒絕，只好說，「再給你一次機會。」

唐一白撩起T恤，開始脫衣服。

他知道他的朵朵喜歡看他脫衣服，可能和慾望無關，純粹是欣賞的態度。儘管她從來不在口頭上承認，但是他能從她的神色中捕捉到。

雲朵看到唐一白撩起衣服，完美的腹肌和胸肌一點一點暴露在她面前，接著下半身也脫得一乾二淨。

儘管不是第一次看到他那裡，她還是羞得不敢直視，抬手捂著眼睛。

唐一白重新伏下身體，他拉開她的眼睛，低頭親吻她，手掌從她的「睡裙」下伸進去，順著腰肢向上摸索，最後停在她的胸前，輕輕揉捏。

雲朵閉著眼睛承受他的熱吻，腦袋暈暈的。她被他揉捏得身體酥軟，血脈裡像是灌注了溫熱的水，柔軟而無力。她氣息淩亂，無意識地「哼」了一聲。

唐一白放開她，將她身上唯一一件蔽體的衣物褪去。然後順著她紅得幾乎快滴血的臉龐一路吻下去，吻她的鎖骨，吻她的酥胸，舌尖送進她的肚臍裡輕輕打轉。

他吻遍她的全身。

兩手也不閒著，在她渾身上下摩挲著，掌心火熱，所到之處像是在皮膚表面點起一團團火焰。她本能性地想躲，卻是躲得過這裡，躲不過那裡，火焰就這樣燒成燎原，熱烈的感受暈染了全身。

她的身體像是被撥亂的琴弦，方寸大亂，陌生又熟悉的感覺從身體裡升騰起來，點點的懼怕，更多的卻是莫名的渴望。像是蝴蝶渴望破繭，像是青藤渴望附著，像是發芽的種子渴望一點雨露。

她喘著粗氣，喉嚨裡瀉出無意義的聲音，音調飄悠悠地打轉，那是衝破枷鎖的快樂。

唐一白的吻又回到她臉上。他看著她水潤的眼眸，半張的小嘴吐著火熱而芬芳的氣息，一手撐在她的頭旁邊，另一手拉開她的腿，聲音暗啞，「朵朵，我來了。」

他來了。

雲朵覺得四散在自己身體裡的渴望突然有了出路，彙聚在一起，奔向兩人最親密的地方。那是從未體驗過的快樂，不在五感六味之中，澎湃的歡愉快完全淹沒她的理智。這感覺太過強烈，強烈得令她有些震撼和害怕，她叫他，「唐、唐一白……」

「朵朵，叫我一白，朵朵……」

「一、一白……」

他怕再次弄疼她，動作溫柔得不像話，像是呵護柔嫩的花朵。他小心翼翼，一邊觀察她的表情。

「帶給她快樂」這種認知比身體上的刺激更令他興奮。他看到她舒服得瞇起了眼睛，嘴裡溢出斷斷續續的呻吟，這股刺激像是一把火點燃他的血液，應聲燃燒，他更加亢奮，快慰的感覺傳遍四肢百骸，彙聚到大腦皮層，一遍遍地刺激。

之後有點忍不住，動作變得激烈。

雲朵只覺得自己像是風高浪急中的一條小船，被拋上拋下，浮浮沉沉，一波波浪潮拍打下來，然後水花四濺。

她要被淹沒了，淹沒在這陌生而洶湧的快樂裡。

她被剝奪了理智，抓著他胡言亂語，又嗚嗚嗚地哀叫，感覺那刺激一波接著一波，把她高高推起。她扣著他的肩膀，身體繃得緊緊的，連腳趾都繃直了。她瞪著眼睛，張著嘴巴，像脫水的魚。

滅頂的快樂澆灌下來，她終於明白唐一白口中的「到了天堂」是何種感受。

這一次歡愛結束後，兩人都出了一身汗，像從水裡撈出來一樣。雲朵的力氣全被榨乾，此刻身體軟綿綿的，連根手指頭都不想動。

唐一白從她身後摟住她，低頭輕輕親吻她圓潤的肩頭，力道很輕，像斜風細雨，溫情脈脈。

親吻順著香肩向上爬，最後停在她耳邊，他問：「舒服嗎？」

雲朵沒有說話。現在害羞還來得及嗎……

他的手停在她的小腹上，指尖繞著她的肚臍轉圈圈，他調笑道，「妳不說我也知道。」

雲朵心想，知道你還問！

※　※　※

雲朵離開後的第二天，國家游泳隊赴高原訓練的大批人馬回來了。

伍勇好幾天沒見到唐一白，一見之下甚感唏噓，師徒兩人深入交談了一番，然後伍勇檢查了唐一白最近的訓練情況，發現唐一白的情況比他預想中的好很多。

這才過幾天，水感已經找回來了，雖然離最佳狀態還有很大一段距離，但唐一白的刻苦訓練收到了顯著的成效。

唐一白跟伍總談了一下自己的想法。他在受傷之前已經約好了澳洲的教練弗蘭克，原定在今年六月去那邊集訓。現在唐一白覺得，這次的澳洲之行也沒有必要了。因為他受傷停訓，當務之急是恢復到受傷前的狀態，在狀態不佳時貿然去澳洲接受針對性訓練，既發揮不出效果，也會耽誤到他的恢復訓練，所以不如先循序漸進地把自己的狀態調整好。

另外，外訓只是加強細節，唐一白不覺得它能達到決定性、不可替代的作用。

伍勇聽完唐一白的想法，忍不住在心中為他豎起大拇指。

伍勇說，「一白，你很好，分析得很清楚，也很理智。我回來之前還在想這件事，正在煩惱該怎麼勸你放棄外訓呢。」

外訓是國家出資，只有最具實力的運動員才有資格。如果實力平平，想去也是可以，那就要自己花大筆的錢了。所以對絕大多數的運動員來說，外訓是一種難得的機會，是一種榮耀，想要放棄沒那麼容易。

因此唐一白能夠放棄得如此果斷而理智，很令隊裡的長官們刮目相看，老傢伙們紛紛覺得這個年輕人實在穩重大氣，前途不可限量。

此事就這麼敲定了。不過呢，錢已經給澳洲的俱樂部了，不能浪費，所以隊裡決定再選一個運動員過去。至於選誰，那就與唐一白無關了。

雲朵把這件事報導出去之後，唐一白贏得了粉絲的一片讚美之聲。但是也有一部分的粉絲覺得他們家偶像遭受了委屈、黑幕，聚集起來跑到國家游泳隊的官方微博和被選中，替補上外訓的運動員微博下挑釁滋事，所謂「一個腦殘粉頂十個黑」，大概就是這樣。幸好是由雲朵打理唐一白的微博，她早早就發現了事件的苗頭，立刻發了條微博澄清。

這條微博也是「唐一白」有史以來最長的一則微博。為了讓粉絲平息，雲朵還祭出了壓箱底的照片——唐一白在訓練室之一二三。

然後果然引起一片狼嚎。

除了「甩鼻血叫老公」這類常規話題，還有一部分的人一次又一次地詢問：唐一白，你微博的照片到底是誰幫你拍的！

這個疑惑自從雲朵接管了唐一白的微博就存在了。因為他照片的畫風變了，變得比以前好看，而且特別有藝術氣息，看起來十分專業。後來一則則微博下來，大家一致認定拍照的都是同一個人。

可這個人是誰？

是祁睿峰嗎？怎麼可能，祁睿峰能把人拍成狗，雖然有很多人希望是祁睿峰，但就算把腦子腐穿也要接受這個事實：不是！

是伍教練嗎？呵呵，伍教練的自拍經常出現大鬍子糊滿整片螢幕的奇景，他能拍出這種水準的照片？

向陽陽？原理同上。明天？原理同上。

那麼到底是誰？

有一天，有一個叫「浪花一朵朵」的不知名帳號在唐一白的微博下大言不慚地回覆：拍照的肯定是女朋友，你們這些愚蠢的地球人！

然後這個叫「浪花一朵朵」的人被唐一白的「老婆」們輪了……

雲朵笑咪咪地私訊浪花一朵朵：咳！

很快，浪花一朵朵回覆她：我受到了傷害，妳明天來安慰我好不好？

雲朵的臉立刻紅了，隔了良久，回了他一個「嗯」。

自從上次在他宿舍這樣那樣後，她再也不能直視那個地方了，每次去找他都覺得很不好意思。唐一白還賤兮兮的，喜歡把她帶進宿舍。

他也不是為了幹壞事，就是喜歡調戲她，用各種方式。

第二天，雲朵去找唐一白玩，坐在泳池旁看他訓練。伍勇對雲朵說，「妳在的時候，他的訓練狀態就會變得比平常好。」

「是嗎？」雲朵很高興。

「嗯，所以妳可以經常來。」

「好，我會的！」

唐一白訓練結束後，對雲朵說，「峰哥今天去澳洲了。」

「我知道啊，我們報紙還報導他了呢。」

「所以，今晚我宿舍沒人。」

雲朵紅著臉別開臉：又來！

唐一白卻在思考更深刻的東西：「但我覺得我們也不能總是等大家不在，如果妳能住進家屬院就好了。」

雲朵低著頭走在前面。她現在要冷靜一下，不想和他說話。

無論她腳步邁得多快，唐一白都能不緊不慢地追著她，維持在她身邊。他看著她的臉，小心地說：「朵朵，要不然我們去登記吧？」

雲朵突然停下腳步，側臉看他。

唐一白抿了抿嘴，內心有點忐忑。

她卻好氣又好笑地捶了一下他的胸口，「唐一白，有人像你這樣求婚的嗎？」

※　※　※

雲朵這幾天幾乎天天往訓練基地跑。如果白天有採訪，她就儘快完成任務趕過來，如果是在公司值勤，她就厚顏無恥地早退。由於她現在在公司也算是個「大人物」了，連劉主任都不敢念她，別人更不會說。

她這樣做只是因為伍教練說過，有她在的時候，唐一白的訓練狀態會很好。

所以她希望盡可能地多陪陪他，反正別的忙也幫不上了。

這段時間祁睿峰不在，唐一白經常熱情地邀請她去他的宿舍休息。但是雲朵覺得，如果她總是跑到他宿舍和他這樣那樣，結果導致他過度勞累會影響到白天的訓練。他訓練那麼累，需要消耗很多的體力，晚上就要省一省了。

因此唐一白的邀請大多數時候都被拒絕了。

但是她拒絕的時候，唐一白晚上就會堅持送她回家，他訓練已經夠累了，每晚加訓，還要來回跑一趟，雲朵又有點捨不得，最後她想了個折衷的辦法——在訓練基地附近的飯店裡開間房。

她短時間內就駐紮在這裡了，為了唐一白，她也是滿拚的。

唐一白晚上送她時，就從來回一個多小時的計程車程縮短為不到十分鐘的步行。從基地大門到飯店的那條柏油路很寬廣，路燈又高又亮，但是附近的居民並不多，車流也少，所以這條路顯得很空曠。

路口偶爾會看到推著三輪車賣水果的老人，唐一白總是順手就買一大堆水果給雲朵，美其名曰「吃水果就會越來越水靈」。

雲朵有點囧，掂了掂那一大袋子水果，「太多了，餵大象都沒有人這樣餵的。」

唐一白卻依舊我行我素。他把她送到飯店門口時，會給她一個擁抱，他的胸膛寬闊，手臂很長，把她箍在懷裡，嚴嚴實實的，讓人特別有安全感。這個時候，他總是會問一句，「朵朵，我今晚能留下嗎？」

雲朵斷然拒絕他，「不行。你膽敢夜不歸宿，我就告訴伍教練。」

他裝得很委屈的樣子，「真狠心。」

雲朵是個很有原則的人。她跟唐一白約好了她每星期會去唐一白那裡住一次，然後剩下的六天自己在飯店住，這是為了幫唐一白「節省體力」。

這個理由讓唐一白哭笑不得，卻在她的堅持下不得不接受。而且這只是目前的計畫，按照雲朵的打算，等祁睿峰從澳洲回來時，距離世錦賽也只有一個月了，那時候她就堅決不和唐一白發生肉體關係了，一定要堅持到世錦賽結束後再說。她可不想成為他的「紅顏禍水」。

唐一白無奈地對她說，「朵朵，妳能不能對我有點信心？」

雲朵答：「我對你很有信心，所以你要好好訓練，加油！」

他搖頭笑，「不，我的意思是，妳該對我的腎有信心。」

一句話把她說得臉紅，低著頭不理他。

唐一白卻得寸進尺，「妳在害羞什麼？怎麼跟昨天晚上不一樣了？妳還記得妳昨天晚上都說什麼了嗎？」

「唐一白，你閉嘴！」

唐一白果然閉上了嘴，卻又不懷好意地笑了，還故意笑出聲。見到她的臉蛋紅得像秋天豔陽下熟透的蘋果，他忍不住戳一戳、捏一捏，然後趁她沒防備，飛快地親一下。

每天訓練都累成狗，他也只剩下調戲女朋友這點放鬆身心的娛樂了，所以有事沒事就會撩撥她一下，以至於他整個人的氣質都變得賤兮兮的，讓雲朵無力吐槽。

除了這點娛樂，他每天的日子幾乎沒有別的變化，像形狀規律的波譜，一次次地迴圈，單調得近乎枯燥。

由於時間有限，他基本上已經放棄了五十公尺自由式的訓練，專注於一百公尺自由式這個他最擅長、國際上競爭最激烈的項目。他不再在意細節上的雕刻，透過大量的訓練來找回自己曾經的巔峰。

唐一白喜歡雲朵在現場觀看他訓練。他待在她的目光下，她的眼裡全部都是他。這樣的意識總能讓他心情好好的，精神棒棒的。這是一個不可控的變化，每個人都希望自己能處在最佳的狀態，但即使透過理智的自我調控，也未必比得上情感的小小刺激。

雲朵也喜歡這樣安靜地看著他。看著她的美人魚在水中翻起朵朵浪花，看著他一點一點地進步。

日復一日的畫面，讓時光變得悠長而寂靜，像一條靜謐的小巷，看不到盡頭，然而你踩在那青石磚的地面上，一步一步地走，總能走到終點。

白天的泳池是喧嚣的，到了晚上，人漸漸散去，唐一白總是最後一個離開。偌大的場館裡只剩他們兩個，顯得特別空曠。

雲朵坐在泳池邊，看著那麼大一片水域裡只有他一個人。那場景有些寂寥，他像個孤軍奮戰的勇士，當他身邊空無一人時，他依舊心無雜念地廝殺著。

雲朵覺得，這個時候的唐一白是最有魅力的。他在最孤獨的時候依舊步伐從容，沉靜而專注。無論外物怎樣改變，他始終不改初衷。在所有人懷疑和詫異的目光中，安安靜靜、穩穩當當地前行。

唐一白，不管你有多孤獨，我都願伴你左右，始終如一。

※ ※ ※

在距離世錦賽還有一個多月時，唐一白一直低調地訓練著，但群眾不肯放過他，網路上突然又流傳起關於他女朋友的緋聞。

本來，唐一白的粉絲對於「唐一白女朋友」這幾個字基本上是免疫的，每天都有人爆料唐一白的女朋友，還有一些不知名的小模特兒、小明星想刷存在感，故意把自己跟唐一白放在一起炒作，唐一白壓根不認識這些人。所以在大多數的粉絲眼中，「唐一白的女朋友」就是「炒作」的代名詞。

但是這次不一樣。以往唐一白的桃色新聞都是從演藝圈爆出來的，可這次的傳聞是從體育圈內部流傳出來的，有國家游泳隊的相關人員，還有一些體育媒體。經過多方佐證、不具名爆料，在沒有證據支援的情況下，許多人都相信了，接著言之鑿鑿地播散這個傳言。

雲朵一打開唐一白的微博，就看到好多人在詢問他到底有沒有女朋友。

不僅如此，還有好事的八卦媒體打電話到伍勇那裡打聽此事，結果被脾氣暴躁的伍教練罵了回去。

距離世錦賽只有一個多月，這幫人不關心唐一白的狀態，不關心他的訓練，甚至也不關心他的手傷是否會復發，只是抓著一件八卦新聞不放，腦子壞掉了吧？

相比之下體育記者們就可愛多了，比如小雲朵。

雲朵也被這件事嚇到了，往後進進出出時還會偽裝一下，戴個帽子、墨鏡什麼的。當然，她要是不和唐一白站在一起也沒人認識她。

不過，在面對這麼多詢問時，雲朵突然想通了一件事——

她總是在避免這件事曝光，說好聽一點是不願意被跟蹤，實際上是因為不夠有自信。

她怕，怕自己和唐一白放在一起被人提及時，別人會說她配不上唐一白。

但其實，愛情是兩個人的事，與別人一點也不相關。既然相愛，就該勇敢地和他並肩立於陽光之下。唐一白是那麼有自信而強大的人，她不能怕，怕了就是真的配不上他了。

於是她對唐一白說：「唐一白，我覺得你可以公開我們的關係了。我要和你光明正大地在一起。」

唐一白有點意外，不過很高興。然而他隨即搖了搖頭，「現在不是時候。」

「對喔，現在當然不是時候，我的意思是，等世錦賽結束之後再公布。」

其實唐一白不是那個意思。

他，最近在策劃一件很重大的事情。他希望在公布兩人關係的時候，雲朵不是他的「女朋友」，而是他的「老婆」。

沒錯，他在計畫求婚。

求婚的標配是鮮花和戒指，他每天忙得要死，根本沒時間挑戒指，於是拜託了自家老媽來幫忙。他媽媽的品味在她同事之間是出了名的好，這一點他信得過。

路女士聽說兒子要求婚時，有點不解。

「你現在忙成這樣，為什麼不等世錦賽結束之後再求婚？」

「媽，您不瞭解。世錦賽如果我成功了，成功之後求婚更像是錦上添花，那樣會弱化我們婚姻契約的重要性。而如果我失敗了，男人的自尊心告訴我，短時間內我可能不會向她求婚。所以我覺得現在求婚才是剛剛好。」

路女士沒想到她兒子七轉八拐地想這麼多，典型的腦細胞過剩，她問：「你們運動員思緒都這麼愛繞的嗎？」

「不，我這是遺傳您的基因，您可別想推卸責任。」

路女士有點鄙視兒子的心思多，但當然了，挑戒指這種事她還是義不容辭。她兒子現在翅膀硬了，買戒指都不要爸爸媽媽掏錢，直接快遞一張卡給路女士。

路女士查了一下卡內餘額，有點驚訝：「你現在挺有錢啊。」

「媽您是不是忘了，您兒子我現在是體育明星。」

「囂張什麼，再厲害你也是我兒子……買個戒指花不了這麼多錢。」

「剩下的您自己換輛車吧，喜歡什麼樣的就買什麼樣的，不用心疼錢。對了，媽，您幫我看看房產吧，我想買個別墅，要有獨立泳池。」

「買別墅？」

「對，當成婚房。」

路女士挺無語的，「你是不是連孩子的名字都想好了？」

「那倒沒有。還不知道是男是女呢。」

「你還真的想過孩子……」

簡直無力吐槽了。不過……好吧，她自己也想過豆豆和雲朵生的小孩會長什麼樣子，像爸爸還是像媽媽，或者像爺爺奶奶？

人一上了年紀，就特別喜歡孩子，還真的是想早點抱孫子或孫女呢……

第二天，路女士跑到商場的名品專櫃挑挑揀揀，沒有急著要買哪一個，而是把她覺得不錯的都拍下來傳給唐一白，畢竟求婚的是他，她要充分尊重兒子的意見。

晚上唐一白才打電話給她。他說，『媽，我突然不想買戒指了。』

路女士聽完大怒，「你又不想求婚了？求婚這種事是兒戲嗎？任由你朝秦暮楚？」

『媽您別生氣，我沒說不求婚。我的意思是，工廠量產的那些戒指無法匹配我和朵朵獨一無二的感情，所以我求婚的信物應該要特殊一些，最好也是獨一無二的。』

「……」臭小子，小小年紀這麼會玩情調，天生的花花公子！路女士腹誹著，冷笑道，「你把腎割下來送給她，絕對獨一無二。」

唐一白聽得心驚肉跳的，『媽，我可是您親兒子。』

「好吧，那你到底想買什麼？」

『您覺得買塊玉怎麼樣？古代的情人之間都送玉佩，我覺得挺浪漫的。您幫我買塊玉，找人在上面刻上全世界僅此一份的花紋，您覺得怎麼樣？』

路女士簡直聽呆了。她捂住手機，對一旁的唐爸爸說，「我發現，豆豆他簡直就是個情聖。」

「是吧，我也覺得奇怪。」

「不像你也不像我，到底是誰教他的？」

唐爸爸嘆道，「老婆，有些東西是天生的。」

對於兒子基因突變出一種情聖體質，路女士除了驚奇一下，倒也沒有太大的反應，不過她有點同情她以後的媳婦雲朵了……

然後路女士問唐一白，「那麼你想買什麼玉？」

『羊脂白玉吧，那個好看。我要最好的，不在乎錢。』

路女士掛斷電話之後，尋思了一下，發現臭小子做的這個決定不僅浪漫得要死，而且從經濟價值的角度來看也完全沒問題。

鑽戒都是量產，買回來就貶值了，但羊脂白玉不同，好的羊脂白玉加上名家雕刻，隨著時間增長，只可能不斷升值，絕不會貶值。

……真是生了一個妖怪。

玉石這行充斥著次品和贗品，真正的極品可遇不可求，路女士混這麼多年早混成了精，絕不會被人騙。她門路也廣，找了一個多星期，終於找到一塊特別合適的籽料，然後又聯繫雕刻師。

路女士狠下心，找了個名氣特別大的雕刻師。但是大雕刻師的時間都排滿了，路女士只好拉下臉來請人家通融一下。她一輩子沒幹過這麼低姿態的事，唐一白果然是她親兒子。

那位大師也是個性情中人，聽說是年輕人為了求婚託媽媽買的，所以允許路女士插隊，還親自幫她設計圖案。

※ ※ ※

七月，國家游泳隊為了備戰世錦賽，進入了全封閉訓練的模式。雲朵一聽到是全封閉訓練，以為自己不能見唐一白了，誰知道伍教練特地幫她通融了一下，反正她在的時候也不會打擾別人，就是往那裡一坐，正面作用是激勵唐一白的士氣，沒有負面作用。

所以隊上就答應了。

唐一白也開始了像和尚一般的生活。他的朵朵真是為他的體力操碎了心……

這一個月的訓練更加緊張和艱苦，當然，效果也非常顯著。他的恢復情況超出了所有人的預料，伍總甚至開始期待他能在世錦賽拿獎牌了。

以唐一白現在的情況，想要幹掉桑格和埃爾蒲賽的希望不大。但是貝亞特的實力稍弱，他還是有希望爭一把，發揮好就能拿一枚銅牌。

可是貝亞特有一個很強大的優勢——這次世錦賽的舉辦地點是英國的利物浦，貝亞特主場作戰，很占便宜。

這樣一看，又有點說不準了……

伍勇嘆了口氣。算了，孩子那麼努力，不管取得什麼樣的成績都該為他喝彩。

日子就這樣一天天過去。七月二十二號，是雲朵和唐一白暫時分別的日子。因為第二天她就要搭飛機先一步前往利物浦了。

本次世錦賽，從七月二十八日開始到八月十三日結束，全部賽程持續十七天，雲朵一天都不會落下。因為這次報社派出去的記者不像亞運會那麼多，分攤到每個人頭上的工作量就變大了，她從跳水到水上芭蕾，再到游泳，這些項目都要參與報導，所以要在賽前一天過去。而唐一白他們游泳項目的比賽八月六號才開始，不會太早去利物浦。

這天晚上，雲朵照舊坐在泳池邊等著唐一白加訓結束。然後他帶她走出訓練館，在基地裡散步。

雲朵說：「唐一白，我不在的這幾天你要好好地訓練，不要太想我。我們很快就會見面了。」

唐一白低頭沉吟，突然停下腳步，定定地看著她的臉。她有些疑惑，「怎麼了？」

他撫了撫她的頭髮，笑道：「朵朵，有一件事我必須做，不做的話我不能安心比賽。」

雲朵氣道，「不行！比賽完才能做，你當初是怎麼答應我的？」

他一愣，緊接著扶著她的肩頭悶笑不止。在她一臉莫名中，他親了一下她的額頭，「妳這小色狼，想到哪裡去了？」

雲朵紅著臉別過頭，「我、我開玩笑的啊，你有沒有幽默細胞。」

他笑道，「雖然那件事我也很想做，但我現在要做的不是那個。」他說著突然後退了一步，接著掏出一個盒子，半跪在地上，輕輕把盒子托起來。

雲朵張了張嘴，這動作她太眼熟了，電視裡經常演啊。她有些驚喜，更多的是感動，心幾乎要飛起來了。

她怔怔地看著他。

不過……那個盒子好大啊，真的是戒指盒嗎……

「朵朵，」他仰著臉，溫柔地看著她，然後在她的面前打開那個盒子，「妳能不能嫁給我？」

雲朵看到盒子裡的果然不是戒指，而是一大塊白色的玉佩，雕刻著龍鳳花紋，奇怪的是玉佩上串了兩根繩子，難道是兩塊？她小心地把玉佩拿起來，稍稍一用力，玉佩便一分為二，變成一龍一鳳兩塊玉佩。

那玉佩雪白透亮如白雲出岫，觸手溫潤，凝脂一般。雕工線條細膩活潑，古意盎然。鳳騰祥雲，龍出大海，氣象開闊，又十分漂亮。

雲朵從中看出了這兩個畫面的寓意，眼眶發熱，「你是從哪裡找到這個的？」

太有心了啊。

「找是找不到，這是專門請人雕的……所以妳到底答不答應我的求婚？」

她吸了吸鼻子，忍住掉眼淚的衝動，「你說呢？」

唐一白輕聲說：「說妳答應，妳要嫁給我。」

「唐一白，我要嫁給你。」

唐一白心情飛揚，起身將她拉進懷裡緊緊抱著。他笑道，「從今天開始，妳就真的是我老婆了。」

「嗯。」她有些不好意思，臉埋在他溫暖的胸前問道，「唐一白，這玉是真的嗎？」

唐一白哭笑不得，原話奉還給她，「妳說呢？」假的就太沒誠意了吧。

「可是……這麼大塊的羊脂白玉，很貴吧？」她還沒嫁給他，就開始操心、幫他省錢了。

他柔聲說，「朵朵，這對玉佩是特別訂製的，全世界只有這一對。就像我和妳，全世界也只有這一對。」

雲朵摟著他的腰，悶聲說道，「你今天非要讓我哭出來嗎？」

唐一白緊緊抱著她，像是抱著這世界上最有價值的珍寶。

※　※　※

晚上，唐一白心情飛揚地回到宿舍。因為太高興，他甚至忍不住哼起了歌。

祁睿峰嚇尿了，驚呆地看他，「唐一白你唱歌了？」

「嗯？沒有。」唐一白心想，你們單身狗不會理解我的快樂。他朝祁睿峰伸出手，「峰哥，借用一下你的手機。」

雖然唐一白現在是有「家室」的人了，可伍總對他依舊管理嚴格，現在特別怕他晚上和小女朋友聊天聊得沒有節制，因此還是在封閉訓練期間收走了他的手機。

所以他現在想用手機的話，只能找祁睿峰借了。

拿過祁睿峰的手機，唐一白登入了自己的帳號「唐一白」，發了一則微博：

『請大家不要再叫我老公，我是有老婆的人了。~(@^_^@)~』

唐一白發完就洗漱睡覺了，完全沒有想到他一句話引起了怎樣的軒然大波。

粉絲們的第一反應是不信，不信不信不信！我們才是你的老婆，你哪裡又有老婆了？之前連一點口風都不露，怎麼突然就真的脫單了？

難道之前的傳聞是真的，他早就有女朋友了？嗚嗚嗚，不信不信不信！

殘忍的事實總是令人難以接受，有人甚至猜唐一白的手機被食堂的炒菜小弟撿走了，只有那個炒菜小弟才會發這種沒頭沒尾的微博。

然後，突然又有人發現發這條微博的手機型號不對，不是唐一白的手機，倒是和祁睿峰的手機很一致。

天啊，難道是祁睿峰在用這種方式宣示他對白少的所有權？

這個腦洞讓人更容易接受，CP粉的春天來了，比拿到免死金牌都高興，一個個大聲疾呼，奔相走告，湊在一起進行即興故事創作，唐一白的一句話活生生讓他們編出了一本二十萬字以上的長篇小說。

再接著，又有人清醒過來想一想，覺得不對勁：世錦賽開賽在即，唐一白不好好訓練為世錦賽做準備，怎麼會突然發這種微博？會不會是因為已經知道自己在世錦賽拿不出好成績了，現在只能透過這種方式博一下存在感？哇靠，一定是這樣的！

這些人覺得自己揭開了真相的面紗，其激動程度不亞於另外兩群人，於是高高興興地到處揭發唐一白，一股智商上的優越感油然而生，笑咪咪地坐等眾人的膜拜。

結果等來了一波波圍攻。

女朋友粉：我老公才不是那樣的人！你心理陰暗，看什麼都陰暗！

CP粉：你質疑白少就是質疑我峰的品味！我大吉祥物的老公也是你能詆毀的？去死去死！

接下來就是大混戰了，你掐我、我掐你，然後我們聯合起來掐他……

各路媒體也聞風而動，但現在大晚上的，從游泳隊官方打探不到消息。而且這個消息來得太突然，各家媒體雖然都聽聞過唐一白有女朋友了，但手裡沒有有說服力的證據。

當他們想要找出這位「老婆」是何許人也時，大混戰已經遍及整個網路，另外有無限多渾水摸魚的爆料，唐一白在一夜之間多出了好多個緋聞對象，難辨真假。此外，還有不少人自曝，自稱就是唐一白口中的那個人，這就更不足以相信了……

在這些自曝中，有一個ID是「記者雲朵」的認證帳號，轉發了唐一白的微博，也自稱她就是那個人。這條微博淹沒在虛假資訊的汪洋大海裡，很少有人注意到。

除了她互相關注的同行們。其中有好幾個人是現場親眼見過唐一白怎麼撩人家的，所以紛紛為雲朵點讚。

當然了，目前也只能先點讚，畢竟他們看到的也只是曖昧，總不能說「兩人之間的眼神交流告訴我他們有姦情」吧？在獲得唐一白親口承認之前，所有情況只能靠主觀臆測。無法拿到證據，他們也不好意思爆這個料，又不像八卦媒體一樣不要節操。

第二天，從體育版到娛樂版，唐一白夜裡發的這條微博充斥在各大媒體，陰謀黨們不得不朝他豎起大拇指：你的行銷很成功。

而唐一白本人也遭到伍勇和徐領隊的嚴厲批評。他現在是體育明星，代表著國家隊，一言一行都要考慮後果，怎麼也像祁睿峰一樣那麼任性了，想爆隱私就爆隱私？

批評歸批評，事情還是要處理。徐領隊他們對於這件風波拿出了看家本領——裝死……

有人打聽就假裝沒看到，當面問的就回避話題，回避不了就說不關我的事，這是人家的私事云云。反正唐一白躲進隊裡，就沒人能採訪到他。

媒體圈裡最瞭解此事件真相的，除了當事人，就數《中國體壇報》的劉主任了。劉主任總不能爆自家記者的料吧？太凶殘了，所以他只好把這件事憋在肚子裡，憋得那個寂寞如雪啊……

在國內這種亂糟糟的輿論下，雲朵淡定地搭上了前往英國的飛機。

到了英國，唐一白的知名度就比較低了，不如祁睿峰和向陽陽這些奧運冠軍。唐一白會被更多英國人認識，還源於英國本土的自由式新星貝亞特。

貝亞特主場作戰，相當有自信，他接受採訪時自述了在澳洲外訓的經歷。據他所說，那個叫法蘭克的教練很好，但是他更器重一個叫唐一白的中國人，還斷言唐一白將成為下一個世界冠軍。貝亞特不服氣，覺得自己肯定能戰勝他，事實也證明確實如此，在一次友誼賽中他輕輕鬆鬆贏了唐一白。

看完這篇報導的人，都記住了貝亞特的那個手下敗將。考慮到實力差距，貝亞特想贏桑格和埃爾蒲賽的話需要狠狠一搏，這種時候需要有一個夠弱的人來襯托他們大不列顛的英雄。唐一白被教練錯愛，實力不濟，而且來自近年特別囂張的中國，實在太適合擔任這個反派角色了。

媒體很擅長抓民眾的興奮點，所以英國報紙對唐一白進行了一個比較全面的介紹，連他今年受傷停訓的事情也報導了。英國讀者看完這篇報導後反應大致上有兩種：

——骨裂二十天後就恢復訓練，你在跟我說笑？

——喔，他受傷停訓了，看來肯定拿不到好名次了。

反正不管怎麼說，受傷停訓是事實，英國泳迷們認為唐一白已經完全不會造成貝亞特的威脅。

雲朵看到運彩網站的預測中，貝亞特的一百公尺自由式名次為第二，唐一白沒有進前三。關於奪冠賠率，桑格是一賠二，貝亞特是一賠四，而唐一白呢，竟然是一賠三十五！

簡直太過分了，明明唐一白的成績和貝亞特不分上下好不好，為什麼相差這麼大？主場了不起啊？大家都在同一個地球，當然是同一片主場了！

雲朵為此感到憤憤不平，腦子一熱，衝到樓下運彩公司的店鋪裡，把身上所有的錢都下注到唐一白身上。

接待她的那個店員像看傻子一樣看著她。

這些英鎊都是雲朵打算用來買紀念品的，現在卻換回薄薄的一張票。她拿著票在孫老師面前晃了晃，「孫老師，我的錢都花光了，連車費都沒有了……嗚嗚嗚，以後我就靠您了，等回國再還您。」

孫老師看了看她的票，簡直驚呆了，「雲朵妳瘋了嗎？」

錢旭東也湊過來看，搖搖頭說：「雖然我也希望唐一白贏，但我們都知道他拿不了冠軍啊，妳怎麼這麼不理智？浪費錢。」

雲朵憂傷地說，「你不懂。」

這大概就是愛情的力量吧，衝出去的那一刻她根本沒想別的，就想買買買，永遠支持她家唐一白。

孫老師問錢旭東，「小錢，你買了誰？」

「我買桑格。」

「好巧，我也買他的。」

從賠率可以看出買桑格的人是最多的。雲朵堅持要做一白黨，她把那張票折好，小心地放進錢包深處。現在她錢包的作用也只有放它了。

接下來，雲朵就投入緊張繁忙的工作中了。她覺得自己之所以工作量這麼大，一定是因為報社太摳了，嫌英國的消費高，不肯多派幾個人過來。

到英國之後，她和唐一白連通話的機會都沒有了。由於時差問題，他有空的時候恰好是利物浦這邊比賽最激烈的時刻，而她採訪完畢之後，他已經睡覺了。因為忙，時間過得飛快，轉眼到了八月三號，這一天唐一白他們從倫敦乘坐火車到達利物浦，雲朵去火車站搜集他們的新聞。

中國的運動員們穿著統一的服裝走出來，雲朵一眼就看到了隊伍中的他。他永遠是長身玉立，推著大行李箱，剛出來就在人群張望，很快找到了她。

然後他的目光就一直沒離開她，視線像絲線一樣牽在她身上，由遠及近，大步走過來。

雲朵終於體會到「一日不見，如隔三秋」的感覺了。

她和他才一個多星期不見，再見時才發現原來她竟如此想念他。看著他走過來，她的心臟怦通怦通跳得劇烈，胸口湧動著甜蜜與纏綿的話語，特別想對他傾訴。

好在她還沒忘記自己的身分，她是來採訪的，也不能光盯著他看。於是舉著相機拍了好多照片，然後去採訪幾個教練和運動員。

唐一白是多麼想抱一抱她、親一親她，可惜現在這個場合不對，現場有好幾台攝影機呢。所以也只好就這樣和她擦肩而過，走過她身邊時，他彎著嘴角，抬手飛快地揉了揉她的腦袋。雲朵聽到他輕聲說了一句：「想死我了。」

她低頭，紅著臉笑了笑。

※　※　※

當天唐一白他們要調時差，熟悉環境，雲朵去報導跳水比賽，第二天運動員們集中去訓練時她去做採訪，這才有機會見到第二面。

唐一白從水裡出來，就在泳池旁淡定地接受了一輪採訪。然後，他悄悄地叫她去更衣室等他。

雲朵在更衣室等了沒幾分鐘，他就過來了。一進來，不等她說話，他就把她按在門上一頓狂吻，吻得她七葷八素的。

太久沒見，思念像火一樣灼燒，他吻得那麼熱烈，像是龍捲風席捲而過，又像驟雨密密麻麻地傾瀉下來。雲朵仰頭承受著他的熱吻，摟著他，試圖跟上他的節奏。他只穿著泳褲，她的手按在他的脊背上，柔軟的指腹覆蓋在他薄而韌的背部肌肉上，因激動而輕輕地摩挲著。

唐一白放開她，喘著粗氣說：「妳再這樣我就要有反應了。」

她連忙放開他，有些手足無措。

他低笑著又吻她，這次是緩而輕的，像斜風細雨一般的吻。

纏綿了一會兒，雲朵說，「我要走了。」

「再待一會兒。」

「不行，不能耽誤你訓練啊。」

「沒關係，這幾天是適應性訓練，強度不會太大的。」

「等比賽完我們再好好在一起，你這幾天先專心比賽。」頓了頓，雲朵突然笑道，「你可要好好比，我把所有錢都壓在你身上了。」

唐一白輕輕捏了捏她的臉蛋，「才來幾天就學壞了，妳還會賭博了？」

雲朵拉下他的手，「反正你現在專心比賽就對了，等回國後你想怎樣都可以。」

他低了低頭，盯著她的眼睛，笑得有些不懷好意，「真的？我想怎樣都可以？」

莫名地，雲朵覺得他沒想什麼好事。她紅著臉推開他，「真的走了喔。」

「去吧。記住，我想怎樣都可以。」

※　※　※

游泳項目的比賽是從八月六號到八月十三號，中國男隊最大的奪金點是祁睿峰，女隊的奪金點是向陽陽，另外還有一個游蝶式的女孩，叫鄭佳雪，今年只有十六歲，這兩年氣勢不錯，成績一直在上升，今年游出了世界第二的好成績，好好發揮的話，奪金希望很大。

第一個比賽日，祁睿峰的男子四百公尺自由式輕鬆摘金，男子一百公尺蛙式準決賽中明天的總排名是第十三名，發揮不好，沒有進入決賽。女隊的向陽陽和鄭佳雪分別順利晉級女子兩百公尺混合式、女子一百公尺蝶式的決賽。

而男子四乘一百公尺自由式接力是中國選擇性放棄的項目。這是中國的傳統弱勢，連晉級決賽都難。

唐一白是個變數，但是他的存在太寶貴了，之前還受了傷，而且另外三棒的成績相差太遠，就算他拚盡全力也改變不了太多，因此隊裡不希望他在這個項目上投入太多精力。所以這個項目中國無緣進入決賽，但是在唐一白的帶領下，依舊游出了總成績第十一名的名次，算是超出預期。這個名次為中國隊拿到了一張明年奧運會的入場券。

第二個比賽日，女孩們發威，一天之內收穫兩枚金牌，分別是向陽陽和鄭佳雪。男隊有些不夠看，祁睿峰今天沒有決賽，兩百公尺準決賽輕鬆晉級。

第三個比賽日的看點比較多。首先是祁睿峰兩百公尺自由式的決賽，其次是趙越的一百公尺仰式的預賽和準決賽。然後，這天還有一個全新的項目——男女混合四乘一百公尺混合式接力。這個新項目和過幾天將會進行的另外一個項目，男女混合四乘一百公尺自由式接力一樣，都是世錦賽歷史上第一次出現的項目。

男女四乘一百公尺混合式接力的要求是男女隊員各兩名，一起游接力，泳姿順序和普通的混合式接力一樣：仰式、蛙式、蝶式、自由式。與單純的接力相比，男女混合接力的不確定性更高一些，它像是一個策略遊戲，你必須通過適當的取捨，達到最佳的搭配。

中國隊的最後兩棒毫無爭議地將是鄭佳雪和唐一白，關鍵是前兩棒怎麼搭配。可以選趙越游仰式，另一個女生游蛙式；也可以選一個女生游仰式，讓明天游蛙式。明天由於此前發揮不好，這個時候無精打采的，怕自己扯後腿。

唐一白笑道，「有我當你們的壓軸，你怕什麼？」

明天驚呆了，「一白哥你好霸氣！」

賽場上，要的就是這種霸氣。可能是因為唐一白平時比較穩重，從不亂說大話，此刻明天竟然真的被他鼓勵到了，變得有些躍躍欲試。

趙越的準決賽表現不理想，排名第十七名，無緣決賽。他的問題在於年齡增長，狀態下滑，他自己倒是挺淡定的，反正也快退役了。

所以趙越完全不能承載新項目的希望了，最後隊裡決定由明天出戰蛙式一棒。所以仰式只能從女生裡選了，選來選去最後確定是向陽陽。中國男女仰式都是短板，相比之下向陽陽的一百公尺仰式算是不錯的，至少不會扯後腿。

在晚上的兩百公尺自由式決賽中，祁睿峰拿了一塊銀牌。

當地時間晚上七點半，今天最後一個項目的比賽即將開戰。這是一個新奇且多變的項目，吸引了很多人的興趣，全場座無虛席，比賽直播的收視率也一度飆高。

毫無疑問，最後一棒是最重要的一棒。中國的觀眾都知道壓軸選手唐一白受傷了，因此也不敢對這次決賽的名次有過高的期待，還有人抱怨為什麼不讓祁睿峰來游。

向陽陽、明天、鄭佳雪三棒交接中，中國的名次起起伏伏的，最後鎖定在第五名。不過第三、四、五名的差距並不明顯，一努力就有可能超越。

然後唐一白迅速入水。

他一入水，雲朵的心就開始懸起來，緊張地盯著泳池。

他身形矯健如游魚，那個美感，看多少遍都看不膩。前二十公尺，唐一白輕鬆超越了與他有咫尺之隔的巴西對手。雲朵看到他超越，心也跟著往上提，她的鏡頭追著他拍攝，一邊拍一邊念叨，「一定要加油啊，一定要加油啊，唐一白一定要加油啊……」反正外國記者都聽不懂中文，她念得毫無壓力。

場上的觀眾倒沒有她那份顧忌，一個個鬼哭狼嚎地嘶吼著，各種語言飛起來，雲朵從一堆英語中還能清晰地聽到中國人喊「唐一白」，這些同胞也真是夠拚的。

和法國對手的爭奪有些膠著，一直到半程結束，將要轉身時，唐一白距離法國對手只有一個巴掌的距離，轉身之後，這個距離又被拉大。這個時候唐一白突然加速了，翻騰的浪花中他像劍魚一樣衝了過去，超越了法國對手。

又幹掉一個！雲朵心情很激動，又碎碎念，「保持住，保持住就能拿到銅牌了！加油加油唐一白！」

此時，前面兩隊分別是美國和日本，兩個都是混合式的老牌強隊，無論怎麼組合成績都不會太差。

日本的弱項是自由式，不過此時中國和日本的差距拉得有點大，超越起來有點困難。

唐一白像個瘋狂的馬達，速度還在加快。雲朵想起他曾經對她說過，泳池中根據水流的變化即可以感覺到自己和對方的差距，在水下透過泳鏡可以清晰地看到對手的身影。但是他從來不去刻意感知，也不看。他只是一味地向前、向前、向前，拚盡全部力氣向前。

他說那種感覺很純粹，你只是在和水搏鬥，你的對手只有一個。

雲朵看著池中不顧一切划行的他，想想他說的話，眼眶有點發澀。

中國和日本之間的差距就這樣一點一點地縮小了，許多人都會去想到底能不能超越，大概只有唐一白不會，他只是親自去創造這個結果。

即將觸壁時，雲朵的眼力好，清楚地看到日本選手的頭比唐一白的頭靠前一些，差距有兩公分左右的樣子。她嘆了口氣，倒也並無太多遺憾。她知道他真的盡全力了。

然後她看向電子螢幕，意外地發現中國成績排在第二，比日本隊快了0.03秒。

雲朵有些驚喜，隨即恍然地一拍腦袋：唐一白的手臂比人家長啊，自然占盡便宜。

全場歡呼四起，唐一白被隊友拉出來，站在泳池邊扶著膝蓋大口喘氣，運動員在極限運動之後心率能飆到一百八十。雲朵見他累成這樣，好心疼，特別想衝過去抱抱他。

當然不能真的這麼做。

這晚，最有看點的一個項目被美國隊摘金，但是中國人絕對是最驚喜的一個。唐一白最後一棒連續超越了三個對手，從第五名直接衝到第二名，使本來不敢抱持希望的中國隊拿到一枚銀牌。

絕對是意外之喜。

最重要的是，曾經的那個唐一白，他回來了！

這一晚，媒體對唐一白大書特書，完全不吝惜讚美之詞，把他誇得好像錦鯉成精一般。相比之下雲朵還算冷靜和克制，她不希望國內觀眾對唐一白有過高的期待，太高的期待意味著太大的壓力。她只希望他好好比賽。

晚上回到飯店，雲朵發現運彩網站上，唐一白的賠率從一比三十五直接變成了一比六。

呵呵，這些愚蠢的地球人。早知如此，何必當初。

※　※　※

第四個比賽日，祁睿峰霸氣依舊，在男子八百公尺自由式決賽中摘金，唐一白則在準決賽穩定發揮，以總排名第四名的成績晉級決賽。

第五個比賽日。今天有整個賽程最受矚目的單人項目——男子一百公尺自由式決賽。

如果一定要幫金牌劃分含金量，這塊金牌無疑是單人賽裡分量最重的一塊。

一直以來，亞洲人從來無緣此項目的領獎臺，不要說金牌了，連銀牌銅牌都拿不到。所以唐一白哪怕是拿塊銅牌，對中國、對亞洲人來說，都算是一個歷史性突破了。因此，他身上的期待是舉世矚目的，不止中國人，日本、韓國、東南亞人也特別期待他有突破。況且，又是這麼帥的一個小夥子，在亞洲各國著實圈了不少粉絲。

這天中午，雲朵以採訪的名義跑進運動員餐廳，和唐一白一起吃午飯。她擔心唐一白比賽壓力大，想幫他排解一下。

唐一白卻笑道，「我怎麼覺得妳的壓力比我更大呢？」

雲朵不好意思地撓了撓頭。

唐一白左手用叉子吃飯，右手握住她的手。兩人相處的時間太少了，每一刻都很珍貴，他總是希望能和她更親密一些。

吃過午飯，他們躲到角落裡，雲朵抱著他靠在他懷裡，有些留戀。她說：「唐一白，你這兩天狀態是不是特別好啊？」

唐一白撫著她的頭髮笑道，「還行，不過我的比賽神經還沒有達到最興奮的程度。」

她仰頭看著他，「那怎麼辦？怎麼樣才能達到？」

他望著她，目光溫柔，「我身上有封印，妳幫我解除。」

「怎麼解除？」

他閉上眼睛，微微低了一下頭，送上嘴唇。

雲朵便勾著他的脖子，踮起腳，在他唇上輕輕啄了一下。

她說：「給你一個幸運吻，帶著它，明天你一定能游出好成績。」

※　※　※

當地時間晚上七點十五分，男子一百公尺自由式決賽開戰了。

這場比賽的矚目程度是巔峰級別的，群星閃耀，強將如雲。賽場的不確定性很大，誰拿冠軍都不會太稀奇。

唐一白的晉級成績是第四名，分到的泳道不占優勢，有可能吃到前面人的水花。前面三人按照準決賽成績分別是桑格、貝亞特、埃爾蒲賽。主場的貝亞特狀態確實很好。

唐一白有著一百八十九公分的身高，但和那三個強敵相比，他的身材竟顯得有些瘦弱。雲朵曾經安慰他：「你瘦的話體積小，在水中的阻力就小，這未必是壞事。」

……太搞笑了。

他收拾心情，站在出發臺上，深呼吸。

一聲令下，運動員們爭先入水，肉眼幾乎分不出快慢。透過電子分析可以看出唐一白的出發時間是 0.65 秒，名列第二，僅次於貝亞特。

還不錯。

一百公尺這種項目沒有保留實力的時間，一入水就是決戰的姿態。雲朵也是第一次在現場觀看這種世界巔峰等級的速度對決，泳池中的選手隨便拉一個都是完爆亞運會的水準。此刻，他們如亂魚一般爭先恐後地爬游，速度之快，讓人看得眼花繚亂。

場上觀眾喊聲震天。旗幟飄揚，哨聲飛響。

唐一白入水後差不多和埃爾蒲賽並列第三，這個勢頭很好，雲朵一邊拍照一邊緊張地碎碎念，「加油、加油、加油唐一白！」

貝亞特的狀況太好了，緊咬著桑格不放，隨時都有可能追過去。前面兩個人漸漸和後面兩個人拉開一點距離。

雲朵知道，如果這個時候距離拉開太大，唐一白基本上就沒有追回來的可能了，因為對手不是松島由田那種二流選手，而是超一流。你以為後半段爆發就行了嗎？誰後半段不是拚命使力的。即使你領先，人家發個力都可能超過，何況是差距太大。

在這種情況下，唐一白最好的結果也只是超過埃爾蒲賽，拿一塊銅牌了。

雲朵的一顆心提到了喉頭。雖然她總是告訴自己能拿塊銅牌就不錯了，但是如果有奪金的機會，誰不希望他拿金牌呢？

幸好，幸好唐一白現在把距離咬住了。埃爾蒲賽老而彌堅，此刻依舊沒有被唐一白甩開，而瞬息之間，比賽即將接近半程。

雲朵知道接下來才是關鍵時刻。唐一白的轉身不夠好，但戲劇化的是，他轉身之後的發力很棒，即使是轉身時稍稍差一點，也能在轉身後很快彌補過來。雲朵希望這次也能如此。

果然，轉身後，埃爾蒲賽稍稍領先了一些，但是唐一白加速了，前天對戰法國選手的那一幕再次上演，唐一白轉身之後突然加速，以一往無前的姿態超越了埃爾蒲賽！

速度繼續增加！

與此同時，似乎是感受到了威脅，前兩名選手也開始加速。還不到衝刺的階段，但是三個人紛紛加速——不，四個人，只可惜埃爾蒲賽沒能跟上他們。

狹路相逢勇者勝，這時就顯現出名將與小將的差距了。同樣是加速，貝亞特被桑格甩掉了！

可能是前半段用力過猛，貝亞特的發力略顯疲軟，最終不敵桑格。

他被桑格甩掉了，但是唐一白可沒有，他和桑格之間的距離幾乎沒有改變。也就是說，在很長的一段距離內，他和桑格在同速前進。

眨眼之間，唐一白超越了貝亞特。

第二名了！雲朵激動得差一點把相機摔出去。

第二名，唐一白超越了埃爾蒲賽，超越了貝亞特，而他和桑格之間的距離並不大，而且完全沒有被拉開。他還在死死地咬著桑格。

衝刺了，兩人一起衝刺了！

桑格的實力最集中地體現在衝刺上，因為他衝刺的距離比較長，速度一提高，優勢就更明顯了，這是他的必殺技。

然而今天，唐一白和他一起衝刺了！

這個瘦弱的亞洲人，他能撐過這麼長距離的衝刺嗎？

雲朵的心又揪起來了，不只是緊張，還有點疼。

她心疼水中的唐一白，因為她知道那感覺有多難受。他和她講過，短距離自由式是無氧運動，後半段為了拚速度，空氣吸入嚴重缺少，整個肺部都像是被兩隻大手握著用力擠壓，或是處於烈火之中灼燒。那痛苦像是酷刑，遠甚於他訓練時的疲憊。

這是雲朵知道的。她不知道的是，此時唐一白突然又做了一個危險的決定——他再次憋氣了。

用杜絕呼吸的方式來提高速度，這方法有點笨，但絕對有效。

然而這方法也是危險的。在極限運動中，心肺功能的負擔本來就大，他憋氣游到底，全身機能瞬間爆發，卻不攝入氧氣，簡直是在找死。

所以後來有人稱屏息衝刺為「自殺式衝刺」。

其實這種衝刺不止風險大，更直觀的是源於身體的痛苦，那是酷刑中的酷刑，並非每個人都能承受住。

更何況，還要在這樣的痛苦中加足馬力，全速前進。滿清十大酷刑都沒這麼欺負人。

此刻唐一白屏住呼吸，摒棄一切雜念。痛苦更像是與他並生，紮根於他的身體之內，如此一來他的意志完全接受了它。他是多麼痛苦，但他不會因痛苦而有絲毫停頓。他沒有在意桑格的位置，他在水中划著自己的波浪。一下，一下，一下……水飛快地向後退，他在水的世界裡獨自前行，永不停歇。

比賽是很多人的運動，但游泳，是一個人的世界。

此刻，場上觀眾的呼喊聲已經快要震破屋頂，那聲量分分鐘可以當做聲音武器。雲朵在這轟隆震天的加油聲中，精神有點恍惚了。

她看到了什麼？

唐一白和桑格的距離在縮短。真的在縮短，很緩慢，一點一點地，但確實是在縮短……

她揉了揉眼睛，看著泳池中兩個頂尖高手的巔峰對決。

桑格正處於職業生涯的黃金時期，就像曾經的埃爾蒲賽。之前有報導說現在的他是不可戰勝的，即使是對貝亞特報以厚望的英國當地媒體也不敢說超越桑格這種話，因為這些話聽起來更像是笑話。

而現在，唐一白在兩人同時像離弦的箭一樣飛速衝刺時，把他和桑格的距離一點一點地拉近……這意味著至少在這一刻，唐一白的速度是快過桑格的。

簡直太不可思議了，雲朵忘了拍照，捂著嘴巴，怕自己失控狂喊出聲。

他們的距離一直在縮短，像是初春時的最後一堆雪，被暖陽烤得慢慢融化，體積漸漸變小，最後消失不見。

這麼激烈的賽場，這麼寂靜的變化，讓她激動得皮膚起了一層戰慄，冷得她打了個顫。

反超！

在距離終點還有不到兩公尺時，唐一白實現了反超！觸壁時就很明顯了，完全不用看電子螢幕——是唐一白，一定是他，冠軍是唐一白！

雲朵捂著嘴巴，眼淚不爭氣地奔湧出來。

觀眾席上的中國觀眾有人跳起來了，還有人抱在一起痛哭。雲朵眨眨眼睛，不好意思地看一眼身旁的孫老師，發現孫老師也哭了，她又看了看不遠處的錢旭東，發現錢旭東也落淚了。

唐一白，成績47秒58，領先桑格0.05秒。這個成績刷新了賽會紀錄。

這是歷史性的一刻，絕對值得任何中國人銘記。男子一百公尺自由式，這個世界巔峰的舞臺上，唐一白成為了全世界游得最快的人。

他是這個項目有史以來的第一個中國人，也是第一個亞洲人。

絕對前無古人。

唐一白到終點之後，桑格友好地和他擊掌。他擊了一下掌，竟然在水裡站不穩，桑格扶了他一把。

然後是工作人員幫忙把他拉上去的。累，太累了，他站在岸邊大口喘氣，連說話都不能。休息了好久，他才直起身體離開。走到媒體區，他一眼看到翹首望他的雲朵。她眼眶紅紅的，一看就知道又哭過了，像隻兔子。

電視臺採訪完畢，雲朵走到他面前，她小聲地說，「我愛你，唐一白。」有幾個中國記者驚訝地捂住嘴，另外幾個就比較淡定了。還有記者開手機錄影，剛才電視臺的攝影師也機智地把鏡頭對準他們。

唐一白聽到雲朵突然的表白，他剛靜下去的心率又開始往上飆。他不管不顧地，扣著她的後腦勺吻上了她。

周圍傳來一陣歡呼聲。

雲朵羞得滿臉通紅。何止是媒體，周圍還有觀眾也在拍照啊，大哥，你能不能低調一點……

唐一白放開她，揉了揉她的頭，「我也愛妳，朵朵。」

然後他離開了，去換衣服準備接下來的頒獎典禮和發表會。雲朵站在原地，鎂光燈的閃耀撲面而來，閃得她睜不開眼睛。

男子一百公尺自由式決賽的發表會在頒獎典禮後不久舉行。這次比賽爆了大冷門，許多中外記者擠在新聞發表廳裡，等待著挖掘各種消息。雲朵因為剛才被唐一白親了，有點害羞地躲在角落裡。其實國外記者更看重的是「唐一白怎麼得冠軍了」這個問題，關於他賽後親吻女友的事可以作為錦上添花的一個小花邊。

唐一白跟雲朵學了一年口語，雖然學的時候不太認真，總是在調戲她，但現在應付媒體夠用了，說話很流暢，也沒有錯誤發音。伍總坐在他身旁，心情好到飛起來。

幾個問題過去後，有一個記者突然站起來用一口純正的英式英文問他，你曾經受傷停訓，傷後恢復得那麼快，成績還突飛猛進，這真的很不可思議，普通人很難想像。請問你是否借助過興奮劑類的促進藥物呢？

這幾乎就是指著鼻子問你是不是吃了興奮劑。

雲朵很憤怒，哪有這樣的，比不過人家就說人家吃興奮劑？要臉嗎！

伍總的臉色很難看，扶了扶麥克風，唐一白覺得他開口估計沒好話，會被人抓住把柄。他按住了伍總的手臂。

唐一白朝著雲朵望了望，看到她一臉憤憤然，讓他想起那個秋天，他受到不公道的盤問時她也是這樣，氣得臉皺成一團，分分鐘就要暴走。

心裡突然暖暖的。真好啊，能遇到她，能認識她，能和她走到現在。

他笑了笑，朝她擠了一下眼睛，看到她臉紅了，他牽著嘴角移開目光，淡定地看向那個提問的記者，然後說：

「Love is the best excitant.」（愛是最好的興奮劑）

# 番外一

唐一白登頂一百公尺自由式世錦賽，已經讓無數守在電視機前的中國觀眾沸騰起來，之後他親吻女記者的畫面在電視臺的直播播出後，這下別說觀眾，連主持人都有點語無倫次了。再加上之後回答國外記者挑釁時，那句經典的回答「Love is the best excitant」……

很好，他僅憑一己之力，很快引爆了一場颶風級別的輿論，席捲整個國內大地，全國人民都在關注他、討論他，一邊為他的霸氣又睿智而癲狂，一邊又為他和那個女記者的關係操碎了心。

彷彿聽到了祖國人民的吶喊，在第二天對唐一白的採訪中，電視臺記者很形式地問了他和雲朵的關係。其實這件事呢，圈內人都知道了……

「她是我老婆，我們已經訂婚了。」

嗚嗚嗚他承認了！就這麼乾乾脆脆地承認了！也不含糊一下或遮掩一下，男神你也太誠實了吧！留一點幻想的希望給我們粉絲不好嗎？說好的要做彼此的天使呢？

在唐一白爽快的承認下，雲朵的微博會被足智多謀的網友挖出來一點也不奇怪。

一夜之間，她的微博出現了翻天覆地的變化。粉絲多了，留言多了，多得看不完。其實也沒必要一則一則細看，那樣反而有可能影響心情——雲朵發現，說她醜的網友還真不少。

討厭，我哪裡醜啦！

雲朵活了二十多年，從小到大被人誇漂亮，所以她對自己的外貌還是挺有自信的，不會因為被網友說醜，就真的覺得自己醜。

除了說她醜的，也有許多表達祝福的留言。雲朵挑了一個祝福的評論轉發了：

『謝謝！（感動）（感動）還以為你們都想把我燒死呢 /( T o T )/~~』

剛發出去，就有許多留言秒回。

一顆糖：不客氣，其實我們真的想把妳燒死。

Wuli 白白：不客氣，其實我們真的想把妳燒死。

唐一白是我老公你們都死開：不客氣，其實我們真的想把妳燒死。

抱走男神唐一白：不客氣，其實我們真的想把妳燒死。

真是的，現在的網友越來越調皮了。

※　※　※

游泳隊回國時，機場擠滿了記者和前來接機的粉絲，把他們圍得水泄不通。啪嚓啪嚓的快門聲、記者連珠炮似的發問、粉絲的尖叫，都像聲波武器一樣轟炸著唐一白。相機的閃光燈晃成一片，晃得他連睜眼都費力。

身為體魄強健的運動員，他從不覺得自己需要保護。但現在，他真的有點招架不住了。

徐領隊，說好的保鏢開道呢……

保鏢確實來了，只不過被迷糊的工作人員帶錯了地方，現在正奮力往這邊跑。不愧是專業人士，擠成罐頭的人群都能被他們分開，闢出一條通道讓運動員離開。

好不容易上了車，唐一白有種死裡逃生的感覺。

伍總坐在他身邊，望著窗外依然激動不已的粉絲，悠悠嘆道，「我覺得，我應該重新評估一下你的商業價值。」

唐一白手裡握著手機，翻來覆去的，低頭不知道在想什麼。

「你怎麼了？」伍總問道。

「我想我老婆了。」

去你的！又秀恩愛！伍總翻了個白眼瞪他，接著又說，「那就打電話給她。」

「不行，她現在在睡覺。」

伍總心裡有點淡淡的羨慕，然後表面又裝作很不屑的樣子，扭過頭沒理他，繼續思考這傢伙的商業價值。

說到唐一白的商業價值，別說伍總了，整個游泳隊都抓不準。

在三年前，游泳隊還是一個不太富裕的運動隊。那時候國內學游泳和關注游泳的少，有些在國際賽事上拿了獎牌的隊員連廣告代言都接不到。游泳真正大紅起來，是祁睿峰拿了奧運金牌之後，連帶著整個游泳隊各個隊員的代言價格都有了提升，當然，最具商業價值的無疑是祁睿峰。

祁睿峰的身價是巨星等級的。

一般來說，一個運動員的身價和他的成績成正比，這幾乎沒有疑問。但如此簡單的規律在唐一白這裡偏偏不成立。實際上，在世錦賽之前，唐一白的廣告代言費已經十分接近祁睿峰了！

一個只拿了亞運會金牌，從來沒有參加過任何重要國際賽事的游泳運動員，沒有巨星的成績，卻有著直逼巨星的身價。這要是在三年前，就算把刀架在脖子上，徐領隊都不會相信。但是這麼接近科幻的事情真真切切地發生了，人民幣是不會騙人的。

所以說，人生真是一部魔幻現實主義大作啊……

在「與世界級體育明星之間只差一塊金牌」的時候，唐一白就已經是金光閃閃的搖錢樹了，那麼現在呢？現在這棵搖錢樹必定壯大了很多，至於壯大了多少，隊裡主管們沒有人能估算出來。

這也不能怪他們，畢竟他們在隊裡過了十幾年，甚至幾十年的窮酸日子，都沒什麼經驗，大家操作過最具商業價值的案例就是祁睿峰了，這已經可以寫進他們的終身成就裡了，好不好……

※　※　※

雲朵在世錦賽閉幕式結束後才回國。忙了這麼久終於鬆懈下來，加上時差顛倒，她回去之後倒頭就睡，從早上一直睡到夜幕降臨。

睜開惺忪的睡眼，趴在柔軟的床上，雲朵有些發愣。臥室一片漆黑，外面安靜得過分，沒有一點點聲響，冷冷清清的。

——怎能不冷清呢？現在這套房子裡只有她一個喘氣的。

是這樣的，幾天前唐叔叔和路阿姨出國旅遊了，原本預計在昨天回來，那樣還能接到雲朵，可是唐叔叔在國外把護照弄丟了，無法準時回來。二白被他們寄養在寵物店，雲朵還在思考要不要把牠領回來。

懶洋洋地摸過手機，她看到唐一白傳給她的訊息。

唐一白：睡醒了嗎？

雲朵：嗯。

看看時間，這個時候他應該還在泳池裡，不會看她的訊息。

然而，她很快就接到了他的電話。

「喂，唐一白，你沒有訓練嗎？」

『沒有，在電視臺錄一個節目。』

雲朵笑了，「好玩嗎？」

唐一白也笑，笑聲低沉悅耳，令人沉醉：『有點無聊。』

要錄的是一檔綜藝節目，他是嘉賓之一。此刻，在攝影棚外，中場休息的唐一白正漫不經心地靠在牆上，跟朝思暮想的人通電話。雲朵剛睡醒的嗓音細細沙沙的，像慵懶的貓咪，令他心癢得不行，恨不得立刻把她拉進懷裡狠狠地揉一揉。

距離他不遠的是個在演藝圈很有分量的女嘉賓，唐一白稱呼她為「芮姊」。芮姊女神性感迷人，此刻正一手夾著菸，透過繚繞的青煙打量唐一白。

年輕人穿著白色的襯衫，深藍色的休閒長褲，襯衫的袖口整齊俐落地挽起來，露出結實的下手臂，手腕上戴著一支運動手錶。

從衣著到飾品都不是什麼大品牌，和演藝圈的男人比起來顯得簡單而樸素。然而他的臉蛋和身材都太好了，好到穿什麼都無關緊要的程度。甚至，也許他不穿才是最好的⋯⋯

即使是在俊男美女雲集的演藝圈，這個程度的姿色也極其難得。更難得的是人家情商高。芮姊心想，倘若他真的踏入演藝圈，不用說，一定要風得風，要雨得雨。

唐一白沒注意她。他微微低頭，眼睫輕輕掀動，唇角的笑容比春風還要溫柔。芮姊忘了抽菸，豎起耳朵很不厚道地偷聽他講電話。

「妳一個人在家怕不怕……二白？妳接牠幹嘛？接回來又沒時間管牠，就讓牠在寵物店待著吧……妳睡了一整天，沒吃東西吧？快去吃點東西。不准吃垃圾食品，也不要吃太油膩……喝點熱湯……」

那頭的雲朵聽到唐一白絮叨，忍不住笑，『唐一白，你怎麼變囉嗦啦？』

唐一白頓住，沉默了一下，聲音裡有淡淡的無奈，還有那麼一點說不清道不明的委屈：「朵朵，我好想妳。」

雲朵的心臟一瞬間變得像棉花糖，既柔軟又甜蜜。

唐一白收起電話，才察覺到芮姊一直盯著他看。他禮貌地朝她點一下頭，「芮姊，有事？」

芮姊反問道，「剛才在和女朋友通電話？」

「是未婚妻。」

這種較真的態度使她笑了一下，笑過之後又說，「我發現，你很會疼人嘛。」一邊說著一邊撩了一下頭髮，一雙媚眼直勾勾地盯著他。

唐一白收攏著手，目不斜視地走，「誰家的老婆誰心疼。」

芮姊怔了怔，突然有點惆悵。

節目錄完之後，芮姊問唐一白：「你以後會進入演藝圈嗎？」

「不會。」

「這麼堅決？是嫌這個圈子太亂嗎？」

「不是，」他似乎想到了什麼，目光突然變柔和，「我是個運動員，平常沒時間陪她。我不想退役之後還是如此。演藝圈太忙，不適合我。」

芮姊翹起嘴唇，臉上突然出現一點屬於小女生的俏皮情態。

「我要是年輕五歲，一定倒追你。」

演藝圈的人就算忘了吃飯也不會忘記互相恭維，唐一白自然不會在意這種話。

※　※　※

雲朵在外面的小飯館一邊吃飯，一邊和唐一白傳訊息。在哪裡、吃什麼、好不好吃……話語像滔開水一樣平淡，兩人卻說得意興非常。

吃完飯時，她對他說：我要回去了。

唐一白：嗯。

之後再無消息。

雲朵心中有那麼一點點的失望。好吧，她說不怕一個人在家，他就一點也不擔心了嗎？是不是大家在一起久了，已經開始厭倦彼此了！摩挲著手機，等了一會兒沒等到他的下文，她也就不強求了，收好手機結帳走人。走在回去的路上，悶悶不樂地踢著小石子。

路上人不多，昏黃的路燈重複地把影子拉長又縮短，不知疲倦。走著走著，雲朵心裡突然一動，像是有了神奇的感應，她抬頭望去。

前方的路燈下站著一個人，白襯衫、長褲，此刻正閒閒地抱著手臂，笑盈盈地望她。昏黃的燈光下，他眉目生動柔和，像寫意山水畫一般乾淨而美好。

雲朵的小心臟忽地蕩漾起來，怦通怦通的，像乍學飛行的乳燕一樣歡快雀躍，她邁開雙腿奔向他。

唐一白張開雙臂把她接了個滿懷。他結結實實地抱著她，低頭親吻她柔軟的髮絲。終於實實在在地把心上人抱進懷裡，心裡感動而踏實。

「你怎麼來了？」雲朵問道。

「妳說呢？」

所以還是擔心我嗎？她嘿嘿笑了，心情好到飛起來。然後呢，表面還是要傲嬌一下下：

「我不是跟你說了嗎，我不怕。」

唐一白的回答簡潔有力：「我怕。」

兩人牽手往回走，雲朵扭頭看著他，往上打量往下打量，說道，「我發現你今天很帥。」

「我哪天不帥？」

好欠打的自戀！然而她卻無法反駁，因為她仔細思考了這個問題，答案是：他沒有哪天是不帥的……

雲朵：「我的意思是，你今天穿了白襯衫，顯得格外帥氣。」

「喜歡？」

「嗯。」

他輕笑，「那我以後常穿給妳看。」

他的溫柔令她臉上發熱，垂著頭不看他。

路人雖少，卻一個、兩個、三個、四個都認出了唐一白，總是攔住他要簽名。最後他只好戴上口罩，和雲朵一起走在陰影裡，鬼鬼祟祟地像做賊。

雲朵突然想起一件事，歡樂地對唐一白說：「噯，你知道嗎？我在國外賺大錢啦！」

「是嗎？賺了多少？」

「七十萬人民幣！嘿嘿嘿，都是買運彩賺來的，買你拿冠軍的人太少了，只有我慧眼如炬！」

唐一白心情愉悅，輕輕捏了捏她的手掌，笑道，「真厲害，我家朵朵最有眼光。」

「當然當然。對了唐一白，他們說你這陣子廣告代言一天一個價碼，現在漲到多少了？說來聽聽。」雲朵剛說完，突然又捂了一下自己的嘴巴，「不對，這應該是保密條款，不能和別人說的吧？」

「妳不是別人，」他揉了一下她的頭，「昨天簽的一個合約，價格是一千三人民幣。」

雲朵愣住，呆呆地看著他，「一千三百……萬人民幣嗎？」

他笑，「不然呢，一千三百塊人民幣？」

「一個品牌？一年？」

「對。」

她驚悚地看著他，像是看到了史前怪獸，「你……你這個……」

看她一臉嚇傻了的呆樣，唐一白失笑，忍不住捏她的臉蛋，「我怎麼了？」

「你好貴啊！」

唐一白徹底噴笑：「貴嗎？給妳用免費。」

雲朵羞澀地別開臉。

他又湊過來，微微彎著腰，摘下了口罩在她耳邊壓低聲音說：「免費。妳可以把我帶回家，想對我做什麼都可以。」

雲朵的臉紅成了番茄。大哥，還能不能愉快地聊天了……

雲朵有點想念二白，所以他們順路去了寵物店。在唐一白的堅持下，她沒能把二白領回去，只能看看牠。二白見到他們很高興，都不知道要怎麼撒嬌才好了，牠以為自己終於可以回家了。

然後他們就走了……走了……走了……

二白趴在原地，心碎地看著他們的身影。

哥哥，你不要你親弟弟了嗎？

一回到家，唐一白就把雲朵壓在門上激烈地親吻。早就想做這件事，他已經忍一路了。他的吻急切而猛烈，她有點招架不住，仰著頭被動地配合他，身體又熱又軟。

唐一白輕輕摩挲著她的腰肢，漸漸地，手探進她的衣服，火熱的手掌一路向上探索。

雲朵拉開他的手，喘著粗氣說：「我、我先洗個澡。」

他追逐著她的唇，輕輕啄著，喉嚨裡溢出淡淡的笑意，「一起。」

她囧囧地推開唐一白，「別鬧。」

「沒在鬧。」他見她要走，一下子又把她抓進懷裡緊緊地扣著，低著頭，用嘴唇輕輕擦著她的耳廓，笑道：「妳好像忘記自己說過什麼了。」

「我說過什麼？」

「妳說，等回國，我想怎樣就怎樣。」

雲朵拍了一下頭，好像還真的說過這種話？

身為一個有道德底線的好青年，雲朵做不出毀約的事，於是兩人一起進浴室了。

一開始他們真的在洗澡，唐一白還特別友好地主動幫雲朵擦背。然而很快地，事態升級，節操掉滿地。一片水氣彌漫中，他把她壓在光滑的牆上纏綿，後來戰場轉移到洗手臺前，他站在她身後摟著她，兩人貼得緊緊的。雲朵看到鏡中他們重疊在一起的身體，那畫面尺度太大，簡直無法直視。一瞬間她羞恥感爆棚，掙脫開來，捂著眼睛想跑。

他長臂一伸，輕輕鬆鬆把她撈回來，牢牢地掌控住。他喘息著，在她耳邊低笑地說：

「跑什麼？」

雲朵：QAQ

唐一白：「說話不算話。」

雲朵：QAQ

唐一白：「壞人。」

雲朵：……

唐一白：「要罰。」

雲朵：/( T o T )/~~

一整個晚上，唐一白做的事情可以用一句成語概括：為所欲為。

第二天唐一白什麼時候離開的，雲朵也不知道，她一覺睡到日上三竿，醒來時發覺鬧鐘被按掉了。

完蛋，要遲到了！

急急忙忙起床，打開手機，收到一則訊息。

唐一白：妳可以繼續睡，我幫妳請假了^_^

雲朵：我謝謝你-_-#

※　※　※

十月國慶，雲朵不需要加班，回N市休假。唐一白求了伍總好半天，在雲朵生日這天請了一天假，搭早上的飛機飛到N市，晚上又要飛回去。

他回來不只要幫雲朵過生日，還要帶雲朵見見家中長輩。都談婚論嫁了，讓雲朵自己一個人上門來見他的家人太不像話了。

雙方的親屬決定趁這個機會也見個面。他們在飯店裡訂了個大包廂，幫雲朵過了很盛大的生日。席間，大家談到兩個年輕人的婚期。唐一白本人當然希望越快結婚越好，反正他這輩子就認她一個人。然而結婚是神聖而隆重的，不能他今天想結，明天就可以辦婚禮。長輩們也希望準備時間充分一些，然後挑個好日子盛大舉辦。

大家商量一番後，決定把婚禮放在明年的三月底。

唐一白有自己的想法：他想先領結婚證書。

平常他和雲朵見面的時間太少了，如果領結婚證書，朵朵就能住進訓練基地的家屬院，這樣他每天都能看到她了。

這是唐一白的美好設想，他帶著這個希冀歸隊，先去家屬院那邊看房子。然而管理處的人告訴了他一個殘酷的現實：家屬院對一些職業敏感的家屬有限制，記者就是敏感職業之一。

唐一白捂著心口離開了家屬院。

上天真是在想盡一切辦法，不讓他們在一起……

後來，他請他媽媽在距離訓練基地不遠的郊區物色了一棟有地下泳池的別墅，作為婚房。婚前，他和雲朵經常來這棟別墅裡約會。

唐一白最喜歡的約會活動就是教雲朵游泳。

※ ※ ※

春天到來時，唐一白和雲朵結婚了。

唐一白理想的婚禮舉辦地點絕不是B市。然而，他的隊友們並沒有時間陪他飛往另一個城市舉辦婚禮，於是只能就近在B市了。

婚禮不接受贊助，不接待媒體，現場情況由國家隊專人負責拍攝，然後在國家隊自己的平臺上發表。

其實按照唐一白的意思，是連這一步都可以省略的。然而他的粉絲跑到國家隊的官方微博、伍總的微博、徐領隊的微博，還有唐一白好基友的微博上哭訴，希望能透露一點婚禮現場給粉絲們解解饞。粉絲們威力強大，為了自己的人身安全著想，徐領隊不敢不從。

婚禮是中式的。雲朵的氣質本來就偏古典，穿上大紅的嫁衣，美翻全場，讓人移不開目光；唐一白俊逸秀朗，英姿挺拔，如清風明月一般。一對新人站在一起，美得都快成了仙，怎麼看怎麼相配。

除了官方發表的照片，也有現場親友拍了照片傳到微博和群組，這一天有無數個網友蹲點微博，等著刷現場照。在這之前，唐一白接受採訪時曾說要把婚禮辦得低調一些，然而今天全國人民都見證了他們的婚禮。

其實長得這麼好看，就別痴心妄想能多低調了，身為顏值界一霸，就要有這個覺悟……婚禮現場，新郎執著新娘的手，望著她的眼睛對她說：「死生契闊，與子成說。執子之手，與子偕老。」

這一小段影片被祁睿峰最先傳上微博。網友們看完之後，激動得嗷嗷叫。

也奇怪了，這句臺詞並不少見，怎麼從一白男神嘴裡說出來，就讓人那麼感動呢？感動得心裡暖洋洋的，小心臟亂顫。有網友分析，這不只是因為新郎帥，更是因為他這句話是發自內心的，飽含著情感，所以才特別動人。

網友：雲朵妳一定是上輩子拯救了銀河系才遇到這麼好的男人！

雲朵和唐一白在海邊度假時，看到了網友討論的這個話題。她不以為然地撇一下嘴角，「我男人好，難道我就不好嘛？」

身為「雲朵的男人」，唐一白覺得自己最有發言權。他輕輕地攬過她的腰肢，「妳當然好，妳最好了。」

雲朵滿意地點點頭，「我哪裡好啊？」

唐一白咬著嘴唇，不懷好意地笑：「這個，要剝開看看才知道。」

「滾……」

# 番外二

婚後，雲朵和唐一白住進了他們的愛巢——距離訓練基地不遠的那棟別墅。

本來，小夫妻兩人都希望唐家爸媽能搬過來，這麼大的房子兩個人住太冷清了。不過唐爸爸和路女士都還沒退休，所以兩人也只是週末過來和兒子媳婦團聚一下，後來唐一白他們又僱用了一對中年夫妻，妻子當保姆，丈夫當司機，家裡也就熱鬧起來。

在遇到唐一白之前，雲朵幻想過自己的婚姻是什麼樣。除了那些少女情懷，她也從現實出發，有過一點點憂慮。比如，婆媳問題什麼的……

結婚之後，雲朵發現她似乎完全不用擔心婆媳問題。

因為，她的婆婆實在太特別了。她清醒而睿智，冷靜而強大，遇到任何事情都能在第一時間抓住關鍵並找到應對辦法，從來不會浪費無謂的情緒。類似生氣、吵架這種事，在她看來很小兒科。

不要說和媳婦有矛盾，她和唐爸爸結婚這麼多年，也從來沒吵過架。

當然，其中也有唐爸爸的因素。如果路女士不滿意，只需要她冷冷一笑，他立刻兩腿發軟，根本不用吵架……

有這樣的婆婆，雲朵早早就放棄抵抗。她非常明智地認為，她只要乖乖聽話就好。

不過這樣的婆婆也有任性的時候。

母親節的前兩天，唐一白晚上訓練完回家，恰好爸爸媽媽也在。他問媽媽，「媽，過節想要什麼？」

路女士看看唐一白又看看雲朵，然後說：「我想要個孫子。」

她一邊說一邊對雲朵眨著眼睛，目光中有毫不掩飾的期盼。

天啊！婆婆妳怎麼開始賣萌了！好可怕！雲朵嚇得捂住胸口，婆婆妳可是高冷女王，賣萌真的不適合妳啊，妳趕快變回來！

婆婆沒有變回來，倒是唐爸爸，也跟著湊熱鬧：「我也想要個孫子！孫女也行，我不挑的。」

人上了年紀，對小孩就沒抵抗力，兩位長輩這是在變相地催他們生孩子了。

關於孩子，小倆口有自己的顧慮。雲朵覺得自己的事業才剛起步，現在工作做得風生水起，如果回家養孩子，那至少要停滯一兩年，她不希望這麼早面對孩子的問題。

而唐一白其實很期待他和雲朵之間愛情的結晶，但是……他還沒退役，每天大部分時間都用在訓練上，陪伴家人的時間太少了，如果這個時候添一個小孩，他也沒有足夠的時間陪伴孩子，那樣愧為一個爸爸。

所以，不如晚幾年再生寶寶。

唐爸爸和路女士得知他們的堅持，雖然覺得遺憾，不過還是尊重晚輩們的選擇。

※　※　※

唐一白和雲朵的婚後日常基本是這樣的：

早上，她還沒睜眼，他已經離開。

晚上如果有時間，兩人會一起在訓練基地的食堂吃晚飯，雲朵會看著唐一白訓練，訓練完之後一起回家；如果沒時間，那他們要在睡前一個多小時才能見面。

他們像普通情侶一樣約會的機會很少很少，兩個人一起在食堂吃頓飯就算約會了。為此，唐一白對雲朵總感覺有點歉疚，他沒有時間陪她、哄她、和她恩愛，反而要她來遷就他。

而她毫無怨言。

唐一白引用了網友的話：我真是上輩子拯救了銀河系，才能娶到這樣的女人。

這句話他沒有講出來，只是放在了心裡。他的歉疚和感慨，慢慢地演變成溫柔體貼，變成對雲朵的百依百順、言聽計從。

雲朵有點摸不著頭腦。據說男人在婚後都是會變的，她家唐一白也變了，可他是反過來變……變得比婚前還聽話了……

雲朵不明所以，故意質問他，「唐一白，你是不是做了什麼對不起我的事？」

唐一白反問道，「怎樣的事算對不起妳？」

「你自己知道。」

他挑了一下眉，眼角飛起桃花，「喔，我昨天晚上確實對妳——」

「不是那個！」雲朵紅著臉打斷他，「我問你，你為什麼變得這麼聽話？」

他抿嘴淡淡一笑，「家風如此。」

這番話真是……無法反駁。

※　※　※

婚後不久，唐一白參加了當年的游泳冠軍賽。還有五個月就是奧運會，作為奧運會賽前最後一次大練兵的機會，本次冠軍賽吸引了各方目光，關注度很高。另外，唐一白那龐大的粉絲群體戰鬥力堪稱恐怖，在售票口排起長隊，早早就把門票一搶而空。

一百公尺自由式，唐一白毫無意外地奪冠，結果媒體對他的評價卻不高。

他現在不只是中國的，而且是世界的。像祁睿峰一樣，國內的比賽他已經沒有對手，對他們這種水準的運動員來說，這種等級的比賽只是一種檢驗，檢驗自身實力水準，成績進退。

唐一白的這次檢驗，不能讓人滿意。

48秒02，這是他的決賽成績，也是他今年的最好成績。甚至，這個數字也是他從上次世錦賽結束之後到現在的最好成績。

愛之深，責之切。媒體和公眾對唐一白寄予厚望，許多人都覺得，唐一白就該輕輕鬆鬆游進48秒。他是世界冠軍，他有這個實力，如果做不到，那就是倒退。

冠軍賽結束之後，劉主任要雲朵寫一篇專題評論，關於今年奧運會游泳項目的預測。雲朵對唐一白有強烈的信心，她在評論文章中預測唐一白能拿今年奧運會的冠軍。然後，採編部開討論會時，這篇稿子被全票斃掉。

劉主任語重心長地對雲朵說，「年輕人，期望是期望，現實是現實，妳不能把這兩者混為一談。」

雲朵不服：「我覺得我很尊重現實。唐一白是去年世錦賽的冠軍。」

「但他從世錦賽之後一直狀態低迷，這也是現實。」

雲朵還想和劉主任理論，劉主任卻問她，「你問過他嗎？」

她怔了一下，「問什麼？」

「問他為什麼現在成績不太好。」

雲朵搖搖頭，「沒有。」

劉主任笑得有些深意，「這樣看來，妳也不見得有多相信他。」

雲朵沉默了。

※　※　※

四月初，雲朵他們大學的班長舉辦了一次同學聚會，在B市的同學除了兩個抽不開身的都過去了。雲朵臨時有點事，去得晚了一些。

他們的包廂在飯店二樓，雲朵上樓後先去了趟洗手間。她在隔間裡待著，收到陳思琪的訊息，問她怎麼還不來。

雲朵剛要解釋，猛聽到隔間外面有人交談，交談的內容裡還涉及到她的名字。

她很輕易地分辨出在外面交談的兩個女生是她們班的安美娜和鄭瀾瀾，畢竟同學四年，夠熟悉了。

安美娜：「雲朵怎麼還不來？」

鄭瀾瀾嘻嘻笑著，笑聲有些輕浮：「人家現在是知名人物啦，必須擺架子嘛，一定要姍姍來遲。」

安美娜笑道：「大學四年，真沒想到她會是我們裡面混得最好的。」

鄭瀾瀾噗哧一聲，說道，「如果沒有唐一白，她還不就是在那小報社熬資歷，能混多好？

女人啊，一旦攀上好男人，那就是脫胎換骨。」

「她能攀上唐一白也算是本事。」

「呵呵，說的也是。妳忘記她跟我們校草的事啦？妳說這些優質男都看上她哪裡了？」

「不知道，漂亮吧。」

「漂亮嗎？我覺得還不如妳漂亮呢。」

安美娜笑了，「別說笑了，我哪能跟她比。」

「其實妳不知道，對男人來說，女人長得漂亮並不是最主要的，最重要的是，要懂得撒嬌，夠騷。」

鄭瀾瀾說完這句話，兩人就嘿嘿笑了起來，笑聲裡充滿惡意。

雲朵在隔間裡聽得直皺眉頭。她好像沒得罪過這兩人，現在她們怎麼這樣毀謗她呢？

外面兩人笑完，鄭瀾瀾又說：「其實那個唐一白，看起來也沒多喜歡雲朵。」

安美娜：「怎麼說？」

鄭瀾瀾：「妳沒看他們的微博嗎？雲朵成天秀恩愛，特別肉麻，但是唐一白幾乎不回應她。有種熱臉貼人家冷屁股的感覺，特別尷尬。」

安美娜恍然道，「原來是這樣。可能是唐一白覺得她主動貼上來太廉價吧。男人嘛。」

「所以啊，他們兩個走不了多久。」

雲朵聽得扶額，特別想告訴鄭瀾瀾，她眼中的「雲朵發微博秀恩愛」，實際是唐一白用雲朵的帳號發的……而雲朵用唐一白的帳號，被那麼多雙眼睛盯著，當然不會亂秀恩愛，每天只中規中矩地發訓練和比賽，偶爾燉點心靈雞湯什麼的。

算了，如果把真相說出來，不知道又要惹出什麼是非，就讓鄭瀾瀾在自己的猜想裡高興高興吧……

雲朵很想離開這個是非之地，然而外面那兩人聊上癮了，似乎打算在這裡住下來了。

安美娜問鄭瀾瀾：「妳覺得唐一白今年奧運會能拿冠軍嗎？」

鄭瀾瀾輕輕地笑了，笑聲裡帶著些許的不屑，她答道，「不是我詛咒唐一白……妳聽說過有亞洲人得奧運會短程自由式的冠軍嗎？」

「可是他去年世錦賽就拿冠軍了，也是創下歷史。這個人還滿厲害的。」

「不一定。去年他很明顯是超常發揮，之後幾個月別人總說他狀態低迷，其實大家都誤會他了，因為那才是他真正的狀態。他的實力有限，超常發揮不可能出現第二次。所以我說，他去年世錦賽只是曇花一現。」

「真的嗎？」

「嗯。亞洲人和歐美人身體素質上的差距是客觀存在的，這也怪不了唐一白。今年奧運會他別說奪冠了，想進前三都難。我說實話，拿個世錦賽金牌又怎樣，瞧我們班那位囂張的，尾巴都翹上天了。」

接著又拿出許多佐證，試圖證明「唐一白水準就那樣，不可能在奧運會奪冠」。

雲朵有點氣，忍了好久，終究沒有衝出去和她們理論。

她們走後，她在廁所裡平復好心情，這才出去。

大包廂裡氣氛火熱，也才畢業不到三年，同學們一個個都學會了恭維和捧場，場面話說得那叫一個溜。雲朵走進去時，眾人的熱情讓她有點措手不及，就連安美娜和鄭瀾瀾都熱情地和她打招呼，笑得那叫一個燦爛，搞得雲朵差點以為剛才在洗手間裡的經歷是幻覺一場。

陳思琪拍了拍自己身旁的椅子，朝雲朵笑，「妳快點給我坐過來。」

雲朵看到那張空椅子的另一邊是鄭瀾瀾，她面無表情地走過去說，「陳思琪，我們換換位置。」

鄭瀾瀾的笑僵在臉上。

雲朵才不會體貼地考慮她的感受，陳思琪雖然摸不著頭腦，也感覺出氣氛有點不對勁，於是很合作地換了位置。

同學聚會無非就是吃吃喝喝，然後問彼此的情況，吹吹牛什麼的。雲朵心情有些低落，不太想參與。她安靜地吃東西，有人問她問題，她就簡單回答兩句，沒人和她說話就發呆。

偏偏她今天成了明星，同學們都對她以及她那位著名運動員老公非常非常好奇，一個勁地問東問西。

唐一白結束了一天的訓練，第一時間傳訊息給雲朵：聚會怎麼樣？

雲朵：累。

唐一白挑了挑眉，不過是一起吃個飯，也會累？他回道：我去找妳。

雲朵：不用啊。

唐一白：我不放心。

雲朵：不放心什麼？

唐一白：妳猜。

雲朵：……

她猜不出來，他也沒打算說出來。同學聚會是最容易滋生曖昧的，他家朵朵自然不會怎樣，但萬一那些沒老婆的男人硬上前呢？也是個麻煩。

唐一白在聚會接近尾聲的時候到來。他的到來引起了飯桌上新一輪的高潮，雲朵的同學都以娘家人自居，此刻看到他來了，一群人起鬨，讓他喝酒，不喝酒不准把雲朵領回家。唐一白也不含糊，端起滿滿一杯啤酒想喝，雲朵卻攔住他。

雲朵：「不准喝。」

他笑了笑，「好。」說完放下酒杯。

有人哄笑，「哎喲，你們就秀恩愛吧！」

有人誇張地捂胸口，「不行了，單身狗受到致命一擊，請幫我撥打一一九。」

還有人不懷好意地笑他：「這麼聽話，是不是男人？」

唐一白不吃這一套，笑咪咪的：「我們家小事都是她說了算。」

幾個同學湊過來想和唐一白合照，鄭瀾瀾和安美娜衝到最前面。

唐一白的注意力在雲朵身上，看到她臉色不太好，他也沒心思和人單獨合照，於是建議道：「大家一起拍一張吧？」

照了張團體照，安美娜她們還不想放過他，爭著要簽名。鄭瀾瀾在唐一白身旁笑道，「我們都是你的粉絲，就等你在今年奧運會奪冠呢！加油啊！」

唐一白禮貌地微笑：「謝謝。」

雲朵終於冷笑出聲。眼看著被團團圍著的他，她決定破壞氣氛了，抓起包包往他懷裡一塞，「走了。」

唐一白擰眉看著她。到底是什麼事惹她不高興了？

鄭瀾瀾看看唐一白再看看雲朵，無辜地吐了吐舌頭，陰陽怪氣道，「雲朵妳好霸道喔。」

雲朵沒理她，直接走出包廂。

唐一白馬上跟上去。

雲朵在前面走著，唐一白跟在她身後。由於腿長有差距，無論她走得快，他都能跟得不緊不慢。

他在她身後輕輕喚她，「朵朵？怎麼了，朵朵？」

她低著頭不想說話。

唐一白突然站定，語氣加重：「朵朵。」

雲朵走出幾步後轉身看他。她看到他擰著眉，唇邊的肌肉繃著，看起來似乎在生氣。她有些難過，又有點不知所措，輕輕張開手臂，小聲說：「唐一白，抱。」

那一瞬間，唐一白的心軟得一塌糊塗，三兩步衝過去將她拉進懷裡緊緊擁著。

她趴在他懷裡，悶聲說道，「唐一白，不要生氣。」

唐一白吻著她的髮頂，低聲道，「我沒生氣，我只是想知道，是哪個混蛋欺負妳了。」

「唔，也沒什麼。剛才對你最熱情的那兩個傢伙，其實在背後說我們的壞話。」

「豈有此理，她們說什麼了？」

雲朵嘆了一口氣。其實，別人在背地裡說三道四並不足以讓她動怒，哪怕這場面被她撞見。她之所以難過，可能恰好是因為鄭瀾瀾戳中了她小心翼翼藏在心底的擔心。

她抬頭看著他，「唐一白，我問你一個問題。」

「什麼？」

「你……去年世錦賽之後成績一直都很低迷，為什麼？」

唐一白笑了笑，「終於願意問了？我還以為妳能憋更久呢。」

「咳。」雲朵有些赧然地別開臉。

他依舊攬著她的腰，另一隻手捏了捏她的臉蛋，答道：「本來去年世錦賽我的比賽狀態就不算正常，那場比賽透支了一些，之後一直在調整到現在。我在尋求狀態一點點地恢復。」

雲朵有點囧了，「這是你對媒體說的話。糊弄我？」

他有些無辜，「我對媒體說的是實話。」

然而沒什麼人信……

她猶豫地說，「可是有人說你那是超常發揮，曇花一現。」

唐一白笑了：「我這麼說可能有點違心——有些事情，你相信是什麼，它就是什麼。」

雲朵望著他澄澈明亮的眼睛，她的精神一點一點地鬆懈，最後說道，「這麼多人都懷疑你，不信任你，你怎麼一點也不著急？」

「對我來說，這世界上只要有一個人相信我就夠了。」

雲朵感動地紮進他懷裡，「嗚嗚嗚，唐一白我相信你，死心塌地地相信你！」

兩人手牽手走在夜幕下的城市裡，唐一白又叫她：「朵朵。」

「嗯？」

「叫我一聲『老公』。」

雲朵低著頭假裝沒聽到，臉蛋卻開始紅了。兩人已經是合法的夫妻關係，可「老公」這個詞，她總是羞於說出口。

唐一白又搖頭：「算了。」

咦？這麼快放棄？

他解釋道：「現在場合不對。」

她疑惑地歪頭看他。

唐一白的唇角彎彎的，一臉壞笑：「等回家，我有的是辦法讓妳叫。」

「……」算了，還是假裝沒聽到吧。

看到她羞得耳垂都紅了，唐一白愉悅地笑，笑聲沉沉的，純淨如白沙灘上的月光，卻又不懷好意，讓人聽了更覺臉燥。

雲朵覺得自己真是腦子壞了才會為他感動……

※　※　※

時間轉眼到了五月底，唐一白從高原回來沒幾天，六月又要去澳洲外訓。伍總很真誠地建議唐一白：接下來的兩個月最好是禁慾，把所有精力都放在訓練上，全力備戰奧運會。

唐一白不以為然。減少頻率他可以接受，讓他一連兩個月不能開葷……不能忍。

然而，伍總託袁師太把這個建議轉告給雲朵，雲朵舉雙手雙腳贊成。所有能讓唐一白培養狀態、提高成績的建議她都贊成。

唐一白想哭都沒地方哭了。

去澳洲的前一晚，唐一白抱著一種「接下來要很久不能吃了，所以這次要多吃一點」的心態和雲朵纏綿一番。這一晚有點激烈，後來套套都不夠用了。

到澳洲之後，唐一白暫時性地消失在國內媒體的視線裡。當然，由於奧運會將近，知名運動員們的討論熱度居高不下，尤其是唐一白這種自帶龐大粉絲群體的，他不在國內，國內依舊流傳著他的傳說。

在澳洲，唐一白又遇到了他的老冤家貝亞特。他和貝亞特進行了兩次友誼賽，贏一場輸一場，兩次的成績都在48秒以內，這是私下進行的比賽，國內外並沒有媒體報導。

雲朵沒有把這件事報導出去，一半是出於私心。她知道國人起鬨的能力，如果得知唐一白現在的狀態穩步回升，可以輕輕鬆鬆游進48秒，那麼肯定會轉而對唐一白寄予過多期望，期望越大壓力越大，這對運動員來說不是好事。

這段時間也不是沒有關於唐一白的新聞，基本上都是透過官方管道透露出來的，記者們沒有機會採訪到唐一白本人。

不過，有一個新聞很特別。這個新聞是個粉絲發的，其真實度無法證實。此粉絲自稱和閨蜜去澳洲旅遊，在海灘上偶遇唐一白。兩人和唐一白要合照、要簽名，閨蜜挺著傲人的胸想讓唐一白把名字簽在她的泳裝上，結果唐一白回了一句：「我老婆會打斷我的腿。」

這篇新聞發出後，網友評論一律「哈哈哈哈哈」。自此，網友們幫雲朵取了一個新的稱呼——朵爺。

之前她在他們眼中一直是「朵妹」的啊。

雲朵問唐一白是否確有其事，結果得到證實。

她回道：真是的，我有那麼暴力嗎」(╯_╰)╭

唐一白：沒有，我老婆最溫柔了！

雲朵：對嘛，打斷腿你就不能游泳了。

唐一白：老婆妳真疼我。親親~

雲朵：我最多是切丁丁什麼的。

唐一白：……………………

雲朵：放心，切了之後不影響游泳。

唐一白：老婆！我對妳的忠心天地可表、日月可鑒！

雲朵：去你的(*^__^*)

唐一白：如果切了我，最終受傷的是妳。我拿什麼伺候妳？

雲朵：-_-|||

唐一白：嗯嘛~

嘛你個頭啦……

趁著休息時間和雲朵閒聊，是唐一白枯燥的訓練中最大的樂趣。

※　※　※

唐一白外訓回來時，雲朵去機場接他。唐一白看到她後，把她從上到下仔仔細細打量一遍，突然笑道：「我怎麼覺得，妳變漂亮了？」

「油嘴滑舌。」

「是真的。」他的表情看起來很嚴肅，接著又幫自己找了個理由：「一定是因為太久沒見，想妳了。」

他這麼鄭重其事，把雲朵逗笑了，「走吧，我的大帥哥。」

伍總和雲朵都建議唐一白暫時住回基地，於是就這麼愉快地決定了……

奧運會將至，雲朵也是成天忙忙忙，她和唐一白又變回了那種「因為相處的時間太少，所以隨便在食堂吃頓飯都能算約會」的狀態。

有一次她去看望唐家爸媽，唐爸爸做了一大桌的菜，雲朵幹掉兩碗飯之後又意猶未盡地添了半碗，公公婆婆都驚訝地看著她。

雲朵不好意思了，「那個……最近很忙，挺累的，就……就吃得有點多。」

唐爸爸點頭，「看出來了。來，吃，不要和爸媽見外。」

路女士說道，「雲朵，我覺得妳胖了。」

「啊，是嗎？」雲朵放下碗筷，連忙摸自己的臉。

路女士好笑道，「沒說妳臉胖了。就是整體感覺妳胖了一點，妳可以秤體重看看。」

路女士是愛美人士，家裡有體重機。飯後，雲朵站在體重機上一看，頓時傻眼，有些不敢相信：「我、我胖了五公斤？」

「看吧，我說的對吧。」

唐爸爸說道，「也不一定，妳今晚吃的飯有兩公斤了吧？」

雲朵：「……」

雖然知道這是安慰，可為什麼一點也開心不起來呢！

第二天，雲朵特地去找唐一白一起吃晚飯，打飯的時候她狠下心來，只打了最近食量的一半。

唐一白皺眉問道，「夠吃嗎？」

「……夠。」

吃飯時，向陽陽他們也圍過來了，雲朵問道：「你們覺不覺得我最近變胖了？」

眾人看著雲朵，整齊地猛點頭。

……就知道很明顯！她有點沮喪，「怎麼沒提醒我呢？」放任我長這麼胖！

明天舉手：「報告，一白哥不讓我們說。」

雲朵看向唐一白，「為什麼？」

唐一白問，「如果知道自己變胖了，妳會怎樣做？」

「減肥。」

他聳了聳肩，這就是答案了。他不希望她減肥。

老婆圓潤潤、肉嘟嘟的，看起來很可口的樣子，他連碰都沒碰一下呢，絕對不能就這樣瘦下去……

雲朵最後做了一個艱難的決定：「不行，我還是要減肥。」

「妳先別滅，就當了卻我一個心願。」

「什麼心願？」

唐一白勾起嘴角，朝她眨眨眼睛，「吃完飯再說。」

飯後兩人獨處時，唐一白說了他的「心願」，把雲朵鬧了個大紅臉。

※　※　※

不知不覺就迎來了奧運會。

本次奧運會在澳洲的墨爾本舉辦，游泳賽程是從八月二號到八月九號。男子一百公尺自由式永遠是游泳項目裡最受矚目的單人比賽。本次冠軍競爭的熱門人選除了去年世錦賽的幾位，還有一個今年才冒出頭的新人——來自加拿大的十八歲小將佩格魯斯。雖然是個新人，卻在今年選拔賽中游出了世界排名第一的成績，遠遠好過唐一白的世界排名第六。（唐一白參與排名的成績取自他今年的冠軍賽）

雖然唐一白的世界排名只是第六，不過考慮到這傢伙有過大逆轉的「前科」，所以今年運彩公司裡買唐一白贏的人還真不少，僅次於桑格，位列第二。世界排名第一的佩格魯斯反倒靠後了。

因此，國外有一部分人看好唐一白奪冠，反倒是國內媒體和公眾普遍信心不足。賽前國內針對一百公尺自由式的預測投票中，認為唐一白能夠摘金的，只有百分之十五點三。

預賽和準決賽下來，唐一白以總排名第三名順利進入決賽。他的準決賽成績是47秒82，比之前的冠軍賽一下子前進0.2秒，讓國內那些唱衰他的人跌破眼鏡。不用等決賽，光是這個成績就足以打這幫人的臉了。

雲朵搖頭感嘆。嘖嘖嘖，去年不是已經被打過一次臉了嗎，人啊，怎麼就不長長記性呢？傻了吧，哈哈哈！

排在唐一白之前的分別是佩格魯斯和桑格。佩格魯斯的狀態真的很好，準決賽47秒67，名列第一，桑格中規中矩，47秒70，稍稍落後。唐一白和他們的差距則有點大。

伍總瞭解唐一白的實力，準決賽後他對唐一白說，「你現在情況不錯，發揮好可以和桑格爭一爭。佩格魯斯的勢頭太猛了，你和桑格都不一定能幹過他，盡力而為吧。不過也要提防貝亞特和埃爾蒲賽。」

唐一白想了一下，說道，「我看過他所有的比賽影片，這次的也看了。」

伍總沒聽懂，「誰的？」

「佩格魯斯。」

「你……」

「伍總，你看了嗎？」

伍總翻了個白眼，「廢話。」

「那麼我說說我的看法。佩格魯斯這個選手的特點是前半段很猛，幾近無敵，他能迅速和對手拉開比較大的差距，在前半段建立巨大優勢。這樣在後半段，對手若想要追過他就會很吃力。同時，由於差距較大，對手感覺到趕超無望時也會喪失鬥志。你看這次預賽、準決賽和他同組的第二三名，成績比自身以往的成績稍差……因為他們半路上就沒有鬥志了。」

伍總目光幽幽地盯著他，「所以？」

「所以，如果想戰勝佩格魯斯，最好的辦法是前半段適當發力，把差距控制在一個合理範圍內，這樣後面還能有反超的機會。」

「你給我等等，你這意思是……你盯上佩格魯斯了？」

「伍總，我想拿冠軍。」

年輕人，有理想有鬥志是好事，可是伍總聽完他的分析，總感覺怕怕的。他問唐一白，「為了和佩格魯斯競爭，你要放棄自己最熟悉的模式？前半段發力？那後半段呢？你能保證後半段能反超嗎？」

「不能百分之百保證，不過這個模式我也練過，磨合過。」

「我不怕你拿不了冠軍，我擔心的是你在比賽中根本沒用過這種方法，風險太大，到時候搞不好連獎牌都摸不到。」

「伍總，」唐一白突然正色，「我要的是金牌，銀牌對我來說沒有意義。」

「你……」伍總指了指他，「看你得意的！」

伍總把唐一白的意見和隊裡回饋了一下。其實，隊員想怎麼比賽，主管們無法真的控制，一般就是請教練協調，然後充分尊重隊員的意願。伍總和隊裡說明情況，主要是打個預防針：這樣子有可能拿塊金牌，也有可能連銅牌都沒有……

不管怎樣，沒有人能改變唐一白的堅持，伍總早就領教過他的執著。

這次比賽，唐爸爸和路女士也來了，到現場觀看兒子最重要的一次比賽。路女士說自己剛好休假，沒事幹只好來看比賽，實際上唐一白知道，他媽媽是特意排休的。

賽前，唐爸爸有點緊張。路女士也有點擔心，當然，她不會把擔心寫在臉上。雲朵也很緊張，因為太緊張了，只好拚命做事情分神。決賽當天，伍總找機會讓他們一家四口團聚了一下，唐一白看著如臨大敵的三個人，有些好笑又有些感動。

當地時間八月五號晚上七點半，奧運會男子一百公尺自由式拉開決戰大幕。從運動員入場開始，場館裡的掌聲、歡呼聲、尖叫聲就沒停過。

唐一白出來時，唐爸爸抖著手中的國旗興奮地呼喊：「豆豆！加油！豆豆！加油！」

路女士囧囧地拽了他一下：「你想讓所有人都知道他的小名是豆豆嗎？」

「咳，也對……唐一白！加油！唐一白！加油！」

路女士看著場上英姿勃發的兒子，聽著周圍同胞的群情激揚，突然就燃起來了呢……

唐一白站在出發臺上。

雲朵捏著拳頭，不自覺地屏住呼吸，或者說，她緊張得忘記了呼吸。這一場比賽史無前例，它不止是唐一白一個人的夢想，同時承載著幾代中國人的夢想、無數的渴望和期盼。哪怕是對他悲觀、不信任，也無改於國人心底那一層隱約的期待，那是人類與生俱來的榮譽感。

更何況，此刻的他，有實力一戰！

雲朵緊張地屏住呼吸，錢旭東握著相機的手微微顫抖，孫老師則狠狠咬著後槽牙，表情前所未有的嚴肅……新聞報導不能有偏向，但是媒體人有自己的國家。

Take your mark——

Go！

都是世界頂尖運動員，入水動作迅捷而流暢，也在眨眼間，如一群飛魚齊刷刷地紮進水中。從電腦的技術統計來看，唐一白的出發時間是第二，入水後有了一點小小的優勢，不錯不錯。

排第一的竟然是貝亞特。

這也不奇怪，貝亞特的反應時間一直是他的特長。

不過他的領先地位短暫如流星墜逝，剛出現就已然被後來者追過。佩格魯斯、唐一白、桑格、埃爾蒲賽……一瞬間，第一名變成了第五名！

關於貝亞特此次的發揮不理想，賽後有媒體專門進行了分析。

許多人認為，貝亞特成績落後的原因是戰術失敗。在去年世錦賽，他前半段發力，後半段續航力不足，導致無緣金牌，所以貝亞特這一年來調整了戰術，希望在本次比賽中的前半段稍微蓄力，留待後半段全面爆發。

然而今時不同往日，誰能想到這一次，頂尖運動員們從一開始就拚了！

其實桑格、埃爾蒲賽、唐一白這三人大致上屬於同個類型，那就是後半段反超能力很強大。然而今天，三人同時感受到佩格魯斯的威脅，竟然一齊改變了戰術，力求在前半段不要和這個橫空出世的新人拉出不可挽回的距離。

所以現在泳池中的情況是佩格魯斯領先，後面桑格、唐一白、埃爾蒲賽三人不相上下，稍稍落後。

雲朵看得心驚肉跳。

她太瞭解唐一白了，和那些運動員相比，唐一白的體力並非特別突出，他的殺手鐧是後半段的發力。可是現在，他一開始就游出了和桑格齊頭並進的成績，那麼後面怎麼辦？他還有沒有力氣爆發？

這樣想著，激動之餘，她難免有些擔憂。

前半段很快就游完，佩格魯斯雖然一直領先，倒也沒能領先太多，轉身之後，唐一白不出意料地落後了一點。

雲朵的心都要揪起來。

這個時候，戰場出現了很明顯的變化。落後佩格魯斯的三人再次發力，水花飛濺中彷彿三頭勢不可擋的白鯊，對最終目標發起總攻。而佩格魯斯感受到威脅，毫不猶豫地迎戰！

彷彿一場生死角逐，不顧一切，狹路相逢勇者勝！

雲朵的心臟再次提起來，下意識地自言自語著，「加油加油加油加油……」

奮進的過程中，埃爾蒲賽先被拉開距離，雖然當年輝煌，到底還是巔峰不再。

而唐一白和桑格依舊齊頭並進地追趕佩格魯斯。不過，雲朵也能感覺到他們追趕的勢頭並不像以前比賽時那樣猛，畢竟，前半段消耗的體力是實實在在的，誰都不是超人。

儘管如此，他們和佩格魯斯之間的差距卻也真的在縮小。

——唐一白和桑格不是超人，佩格魯斯同樣不是！

在水中，桑格和唐一白分居在佩格魯斯左右兩旁的泳道。桑格和佩格魯斯用的都是右側呼吸法，唐一白用的是左側。也就是說，桑格在水下只能看到佩格魯斯，而佩格魯斯只能看到唐一白，唐一白也只能看到佩格魯斯。

賽後有人分析，這種選手之間的「看到」與「看不到」對最終成績是有影響的。此刻，桑格盯著佩格魯斯努力追趕，佩格魯斯盯著唐一白試圖甩開，而唐一白雖然能看到佩格魯斯，眼中卻沒有他。

有人說唐一白最大的優勢是後半段發力反超，其實不是。唐一白最大的優勢，是純粹。在比賽中，他可以完完全全地沉浸在自己與水的對抗中，不受任何外物影響。競爭對手就在眼前，他卻可以視而不見，不會有絲毫分心。

精力的絕對集中，才能成就身體潛能的絕對迸發。

很多時候，勝負真的就是那一念之間的事。

唐一白衝刺時，三人齊頭並進，肉眼幾乎看不到差距。雲朵的心臟高高地拋起，緊張得大腦缺氧了，她卻不敢呼吸也不敢眨眼睛，死死地盯著池中情況，直到他們三人幾乎同時觸壁。

然後立刻去看大螢幕。

唐一白，47秒56。

桑格，47秒59。

佩格魯斯，47秒60。

冠軍，中國！

唐一白上岸後，在池邊休息了一下，接著過來接受媒體採訪。他有些迫不及待地想看到他的妻子，看看她知道他奪冠時激動不已的模樣。

通常情況下，不管有多少記者圍著，唐一白都能一眼從中找到雲朵的身影。

然而這一次，沒有。

他有些疑惑，看到錢旭東問道，「請問，雲朵呢？」

錢旭東面無表情地答：「她哭得不能自已，躲出去了。」

唐一白低頭笑了笑，笑容溫柔。

孫老師看著唐一白，欲言又止了一會兒，接收到錢旭東警告的眼神後只好作罷。

採訪完，唐一白出來找雲朵，東找西找也沒有找到，他正疑惑她怎麼躲得這麼遠，繼而又想著等等該怎麼逗她。可是直到頒獎典禮，他依舊沒看到她。

一絲不安的情緒浮上心頭。

朵朵愛他，一定很希望和他分享勝利，為什麼一直不露面？

他問了幾個中國記者，大家都支支吾吾的，顧左右而言他。

唐一白急了，又找伍總：「伍總，你一定知道我老婆去哪裡了。」

「這個……」

「她到底怎麼了？」

「先去新聞發表會，開完發表會我就告訴你。」

唐一白卻站著不動，「你先告訴我，我才要去發表會。」

伍總有點無奈了，他總是沒有辦法對付執拗起來的唐一白。於是只好答道，「是這樣的，雲朵在比賽結束時突然暈倒了……」

唐一白只覺得腦子「嗡」的一聲，像是被重錘砸到，身體輕輕晃了一下。伍總見他臉色一瞬間蒼白得可怕，連忙勸道：「不過你不要擔心，她已經被送往醫院了，你爸媽也跟著。」

唐一白抖著朝他伸手，「伍總，手機借用一下。」

他的樣子有點可怕，伍總感覺自己如果不借他手機可能會被他當場劈死，於是乖乖奉上。

手機拿過來，撥通了媽媽的電話。

路女士：『喂，豆豆？』

「媽，朵朵呢？」

『我們已經在醫院了，你不要擔心。』

「她現在怎麼樣了？」

『還沒醒，等等會先做全面的檢查。』

「你們在哪裡？」

『醫院。』

「哪家醫院？」

路女士頓了一下，隨即報上醫院地址。

唐一白抓著手機向外跑，伍總急得直追上他。

「喂喂喂，馬上就要開發表會了！你給我回來！」

「我沒心情。」

「你……你這個臭小子！造反了！」

唐一白到外面叫了輛車。他坐在車上時，伍總又借了袁師太的手機罵他：『唐一白，你太過分了，拿個奧運冠軍，尾巴翹上天了是吧？知不知道缺席發表會有什麼後果？主辦方會隨時收回你的金牌你信不信？！』

「伍總，朵朵暈倒了。」

他的聲音微微發抖，伍總突然明白了。唐一白是在害怕，這個年輕人一向淡定沉穩，伍總一度以為他和恐懼這種情緒是絕緣的，可是現在，他在害怕。

伍總微微嘆了口氣，『好了，你去吧。發表會這邊我會幫你解釋……你不要急，她應該只是疲勞過度。』

「嗯。」唐一白淡淡地回應了一聲。

但他無法控制地焦急。整個神經都繃得緊緊的，生怕聽到什麼壞消息，腦子裡還會出現一些電視劇裡的橋段，越想越害怕，整個人都亂了陣腳。

到了醫院，他奔向雲朵的病房，在病房外看到爸爸媽媽。

唐爸爸和路女士一臉沉重地看著他，唐一白的心一下子就涼了。

「到、到底怎麼回事？」他臉色蒼白，聲音發飄。

路女士長長吐出了一口氣，搖了搖頭，「讓雲朵和你說吧。」

唐一白嚇得兩眼直發黑，腳步虛浮地走進病房。唐爸爸和路女士見兒子走進去了，巴著病房窗戶往裡面看。

雲朵靠在病床前，手上打著點滴。見到唐一白走進來，她的眼睛亮了一下。

唐一白慢慢走過去，他從沒發現，說一句話要鼓起全身的力氣：「朵朵，怎麼回事？」

雲朵抿了抿嘴，不好意思地看著他，「唐一白，我懷孕了。」

唰——唐一白的眼淚掉下來了。

# 番外三

要當爸爸了，唐一白每天心情都好到飛起來。

有一次，他和祁睿峰討論到生男生女的問題。

唐一白問祁睿峰，「峰哥你覺得我家這個孩子會是男孩還是女孩？」

「男孩。」

「為什麼？」

「我希望是男孩。因為我想生個女孩，到時候把女兒嫁給你兒子，哈哈！」

唐一白抹掉額角滴下來的一滴汗，說：「這個……首先，你要有個老婆。」

不管男孩女孩，夫妻兩人對即將到來的寶寶都十分期待。

唐一白對待雲朵格外溫柔小心，生怕哪一天讓她身體不舒服。不只他，他爸媽、雲朵的爸媽，長輩們都快要把雲朵供起來了。唐家爸媽暫時搬過來和他們同住，不久後，雲家爸媽也過來了，興師動眾的，鬧得雲朵哭笑不得。

不過，大房子前所未有的熱鬧起來了。

※　※　※

跨年夜，唐一白回家吃過晚飯，陪老婆在外面散步。

走著走著，後面有一輛車歪歪扭扭地衝撞過來，還好唐一白反應快，護著雲朵閃開。雲朵又驚又怕，一下沒站穩，摔在地上。那輛車衝過去，撞在了路旁的電線杆上。司機竟然沒撞死，從車上下來，腳步踉蹌，一看就是喝多了。

唐一白現在沒心思理會他。

雲朵跌倒讓他嚇出一身冷汗，連忙蹲下來，「朵朵？哪裡疼？」

「唐一白，我……」

「我在，朵朵。妳現在能動嗎？我送妳去醫院。」

「我……我好像要生了……」

十二月三十一日晚上十點二十分，雲朵生了一個兩千三百公克的男孩。

雖然是早產，幸好母子平安。

寶寶的小名是「小魚」。

小魚剛出生時皺巴巴的，讓人多少有點嫌棄。不過後來越長越好看，到一歲多時，水靈靈、白嫩嫩的，人見人愛。

雲朵把他前後完全不同模式的照片一起傳到網路上，並且寫下了自己真誠的感慨：『幸好剛生下他的時候沒有一時衝動扔掉 o(>﹏<)o』

她發照片的帳號，是唐一白那個叫「浪花一朵朵」的分身帳號。

身為父母，曬娃是一種天性，然而雲朵和唐一白都不想在主帳上曬兒子，怕惹人煩，於是只用分身帳號曬。反正分身帳號又沒有拓展任何人際關係。雲朵曬娃曬得樂此不疲，一開始還算正常，只是幫小魚穿好看的衣服，後來就有點奇葩了。她買了各種奇形怪狀的衣服打扮他，什麼海綿寶寶、喜羊羊、灰太狼、恐龍、糖葫蘆……每天被迫玩一次Cosplay已經成了小魚的日常活動。

這個分身帳號很快被機智的網友找到了。過程是這樣的：他們先發現祁睿峰手滑點讚了一則微博，順著那條微博看過去，發現是一個曬寶寶的帳號，這個寶寶可愛到爆……不，這不是重點，重點是有時候寶寶的背景裡會有一隻哈士奇亂入。咦，這隻哈士奇不就是唐一白他們家那隻傻哈士奇嗎……難道，這是唐一白家的寶寶？

好了，案件宣布偵破，分身帳號無從遁形。

雲朵暗暗慶幸，幸好她沒在分身帳號裡說上司的壞話，真是明智。

從此以後，在這個分身帳號窺圖的網友漸漸多了起來，偶爾雲朵一連幾天不發圖，網友們還會跑去催她。當然，也不是每次催更都會有結果的。

比如有一次——

記者雲朵：別找我要圖了，我是唐一白^_^

網友：嗚嗚嗚又秀恩愛！

就這樣，小魚剛學會說話，就已經擁有了一大批忠實粉絲。

有一檔親子綜藝節目叫做《爸爸去哪裡》很紅，從小魚兩歲開始，粉絲們就天天催唐一白帶小魚上這個節目。唐一白父子的人氣都很高，節目組也已經注意他們很久了……於是雙方接洽成功。這一年的六月，小魚四歲半，他們要錄製爸爸去哪裡。

這幾年因為職業原因，唐一白和兒子相處的時間並不多，更從來沒有獨自帶兒子出門過。一早，節目製作組的人來接他們，小魚得知要和媽媽分開，十分十分不捨。出門時唐一白抱著兒子，看著送他們到門口的雲朵，他輕輕側了一下臉，示意雲朵給他來個吻別。雲朵有些不好意思地踮起腳，這個時候小魚非常配合地身體前傾，抱住媽媽親了一下。

老婆被攔截走的唐一白：-_-#

節目這一期錄製的地點是廣西陽朔縣的一個農村。小村子依山傍水，環境優美，空氣清新，村裡最老的房子有好幾百年歷史。

本次參與節目錄製的家庭一共有五個，除了唐一白，其他老爸都是演藝界的明星。五個孩子按年齡排序依次是：東東、薇薇、小魚、亮亮、樂樂。其中薇薇和樂樂是女孩子，另外三個是男孩子。

唐一白和小魚分到一棟清代的房子，房子的色調很暗，唐一白走進去時故意嚇唬兒子：

「小魚，你說這裡會不會有鬼啊？」

小魚：「媽媽說鬼都是騙人的。」

小孩子太淡定就一點也不可愛了好嗎？

小魚：「爸爸你別怕。」

「誰怕了……」

把行李和孩子放下來，唐一白開始整理東西，小魚安靜地坐在床上看他。小魚的五官綜合了爸爸媽媽的特點，嘴巴像媽媽，嘴角天生翹翹的；眼睛像爸爸，細膩深刻的雙眼皮，微微上挑的眼角，眼眸清澈有神。此刻，這雙清澈的眼睛正跟隨著爸爸的動作轉動，眼瞼上下掀動時，濃長的睫毛隨之微微抖著。他安安靜靜的，一聲不吭，漂亮得像一幅畫。一旁的節目製作組姊姊看得心花怒放，忍了忍，問小魚：「我可以親你一下嗎？」

小魚仰頭看她，接收到她渴望的眼神，大度地點了點頭。

製作組姊姊彎腰在他光滑軟彈的小臉蛋上親了一下，嗷嗷嗷，心都要化了……

唐一白整理好東西就中午了。他和小魚簡單吃了一點東西，午睡後才起來正式活動。

節目組籌備了一場老爸們和當地居民之間的運動會。老爸們先出場，他們要和當地居民玩的第一個遊戲是水上搶柚子。雙方每輪派出一個人站在竹筏上，一邊撐竹筏一邊用特製工具搶對方竹筏上的沙田柚，同時要防止自己竹筏上的柚子被搶。

第一個上場的老爸是著名演員趙亞銘，他兒子東東比小魚大兩歲，看到老爸比賽，東東激動地幫老爸加油：「爸爸！加油！！爸爸！加油！！」

唐一白對小魚說，「小魚，你也要替我加油。」

小魚：「爸爸！加油！爸爸！加油！」

唐一白哭笑不得，「現在還沒到我呢，你等等再喊。你現在是在叫趙叔叔爸爸嗎？」

他剛說完，就輪到他了……嗯，在兒子的助威聲中，趙亞銘輸得很快。

小魚看著他爸爸划著竹筏在水中亂漂，扯開嗓子大聲喊：「爸爸加油！爸爸加油！爸爸……掉下去了……」

唐一白搶柚子時用力過猛，栽進了水裡。製作組姊姊發現小魚看到這一幕之後面色如常，簡直太淡定了，她好奇地問：「小魚你不怕嗎？你爸爸掉到水裡了。」

小魚搖了搖頭。

「為什麼不怕？」因為知道爸爸會游泳嗎？

小魚答道：「因為我爸爸是魚。」

「……」

製作組姊姊覺得這小朋友在講冷笑話，可是看他小臉嚴肅的樣子，絕對是認真的，她笑道，「你爸爸是魚，那你是什麼？」

「我是小魚。」

好吧，這是當然的，肯定的，無法反駁的……製作組姊姊簡直無法相信一個小朋友在言語上戰勝了她。她又問，「那你爸爸是魚，他為什麼能在陸地上呢？魚是不能離開水的。」

小魚答道：「媽媽說我們已經進化了。」

製作組姊姊內心：這媽媽也太能扯了吧！

※　※　※

第一輪比賽結束，明星爸爸們全線告負。

主持人說：「好了，現在我們要小朋友們一起玩一個抓小魚的遊戲，小朋友們都過來。」

小魚聽到此話，臉色突變，嗖地一下跑到唐一白身後，死死地抱著他的腿。他的異常吸引了大家的目光，唐一白莫名其妙：「怎麼了？」

「爸爸，他們要抓我！」

小魚很委屈，還有點害怕，淚水在眼眶裡打轉。

眾人愣了一下，接著爆出一陣爆笑。主持人擦了擦眼角笑出來的眼淚，說道：「不是，小魚你聽我說，我們要抓的不是你，是那個比你小很多的小小小小魚，你過來看看……」

這個遊戲就是在一個人造的小水池裡抓魚。水池裡沒有半點泥沙，水很清澈，因為擔心小朋友們制服不了大魚，所以放進去的都是如手指長的小魚。比賽規則就是兩組小朋友抓魚，最後數量多的那一組獲勝。

小魚之前鬧了笑話，現在努力奮起，一雪前恥。他的反應能力繼承了身為運動員的父親，手眼協調能力很好，抓了很多，最後帶領全組小夥伴擊敗對方，取得勝利。

接下來爸爸們又比了另一輪比賽，結果又輸了。

至此，明星隊們1：2輸掉了運動會，其中唯一的一次勝利，竟然是寶寶們贏來的。

老爸們都不好意思面對自家的孩子了……

運動會結束後，老爸們和孩子們來到了村子裡的一個生態園。

這個生態園很大，裡面種著糧食蔬菜和果樹，養著雞鴨魚豬等等。生態園的主打特色是綠色有機無汙染，節目製作組打算讓老爸和孩子們體驗一下田園生活。

老爸們得到的任務是幫農民做農活，孩子們的任務是挖野菜、採蘑菇，搜集食材。

小孩子們出發之前，主持人拿了一個籃子，裡面放著好多樣野菜，他一一為小朋友們解釋，然後是蘑菇，也有好幾樣。

五個小朋友分兩組，小魚和東東一組去挖野菜，另外三個小朋友一組去採蘑菇。小魚的注意力還是很集中的，領好任務就提著籃子出發了，知道自己要做什麼，就專心做那一件事。

東東摘花時，小魚在挖野菜。

東東追蝴蝶時，小魚在挖野菜。

東東摘葡萄時，小魚在挖野菜。

製作組姊姊有些好笑，問小魚：「小魚你想不想吃葡萄？」

小魚抿著嘴，點了點頭，接著又一臉為難，「可是我要挖野菜。」

這時，東東摘了一大串葡萄遞給小魚，「來，給你吃。」

小魚搖搖頭，「我的手是髒的。」

「好啦，我餵你，我的手不髒。」東東說著，捏了顆葡萄餵小魚。

「因為你沒有挖野菜。」

小魚一邊吃著甜甜的葡萄，還不忘吐槽東東。製作組姊姊看了一眼小魚的籃子（嗯，東東的籃子不用看），發現他的籃子裡全是野菜，沒有雜草，這說明小魚沒有認錯。製作組姊姊十分驚奇，拿了一根野菜問小魚：「小魚這是什麼？」

「蒲公英。」

放下，又換一個：「那這個呢？」

「馬齒莧。」

「這個呢？」

「苦菜。」

製作組姊姊把籃子裡所有的野菜種類都問了一遍，小魚全部答對。

跟隨著這兩個孩子的大人們都驚呆了，製作組姊姊問：「你以前見過這些野菜嗎？」

輕輕搖頭。

「所以這些都是剛剛跟著村長學的？」

重重地點頭。

製作組姊姊親了一下小魚，「小魚真聰明！」

小魚有點不好意思。

面對受到表揚的小魚，東東看看小魚的籃子，再看看自己的，似乎受了點刺激，接下來很認真地和小魚一起挖野菜。

挖了一會兒，東東又跑到河邊，在河邊對著小魚喊：「小魚！這裡有鴨子！快來看！」

小魚也累了，於是跟去河邊。他們在河邊不只看到了鴨子，還看到了白花花的鴨蛋。兩個小朋友撿了好多鴨蛋，心滿意足地離開了。

又挖了一會兒，他們看到有人揹著滿滿一筐的野菜路過。兩人用鴨蛋跟這位路人大叔換了好多野菜，更加心滿意足。

※　※　※

小魚帶回了野菜和鴨蛋。

爸爸們幫農民幹活，雖然做得不怎麼樣，最後還是獲得了肉和魚作為酬謝。所以唐一白拎了一塊肉回來。父子倆的食材也算豐富了。

不過唐一白有點發愁。因為，晚飯要爸爸們用這些食材自己做……

自己做……

唐一白從沒進過廚房，不，嚴格來說是進過，但肯定不是去做飯的，所以他的廚藝值一直都是零。事到如今也沒有辦法了，只好動用大規模殺傷性武器——小魚了。

小魚走出廚房，看到製作組姊姊正蹲在地上擺弄設備，他走過去，輕輕地湊近。

製作組姊姊一抬頭，看到是小魚，她笑了，「小魚有事嗎？」

小魚摟著她的脖子，在她臉上親了一下。

小孩子的氣息，帶著奶香，軟軟糯糯的，製作組姊姊的小心臟一瞬間又化掉了……

「姊姊，妳能教我爸爸做飯嗎？」

「沒問題！」

姊姊答得如此乾脆又自信，讓唐一白大大放了心。可其實她也是個半吊子，當然，以唐一白的水準並不能發現這一點。在半吊子廚師的指導下，唐一白總算把野菜炒熟了，肉嘛，先在鍋裡煮，反正只要時間夠長，就一定會熟。

他夾了一口野菜大雜燴餵小魚。

小魚很給面子地吃了。

唐一白：「好吃嗎？」

老爸一臉期待，小魚不忍心讓他失望，糾結了一下，輕輕點了點頭，「嗯。」

「好吃就多吃點。」唐一白說著，又夾了一口遞到他嘴邊。

小魚：「……」

唐一白：「今天把這盤菜都吃光。」

小魚受到了驚嚇，小臉皺成一團，腮幫子鼓著，要哭不哭的表情，眼淚已經在眼眶裡打轉了……唐一白趕忙哄他，「好了好了，爸爸嚇唬你呢，我自己還不知道這菜難吃嗎？」

小魚鬆了口氣。

「爸爸也有做不到的事情，做不到就要坦然地承認，以後努力去做到。」

又等了半個小時左右，唐一白把肉盛出來。肉燉得爛爛的，味道有點淡，並不難吃。他端著一盤肉和一盤直接涼拌的苦菜，和大家一起聚餐。

吃飯時，小魚和東東一起坐，一個下午，兩人已然成了好朋友。趙亞銘煮了一條紅燒魚，很有模有樣，唐一白把挑完刺的魚肉放進小魚的碗裡，小魚都吃光了。

製作組姊姊好奇地問唐一白：「小魚吃魚的時候不會有排斥感嗎？他覺得自己是魚，會不會感覺像是在吃同類？」

「不會，他媽媽跟他說『大魚吃小魚，小魚吃蝦米』，所以他覺得大魚吃小魚是理所當然，他可以吃比他小的魚。」

真是牢不可破的邏輯……以及，突然很想見一見那位像神一樣的媽媽呢……

吃過晚飯又玩了一會兒，唐一白帶著小魚回自己的房子了。他問小魚：「今天和小夥伴們在一起怎麼樣？開心嗎？」

小魚：「還行。」

「我看你和東東哥哥玩得很開心啊，你們今天還一起挖野菜。」

小魚沉默了一下，突然說：「我覺得，他有點幼稚。」

這句話從一個四歲半的小朋友嘴裡說出來，唐一白一時竟然無言以對。

製作組姊姊問唐一白，「他一直都這樣說話嗎？」

「嗯，有時候會突然冒出一句超正經的話，像個小大人。」

製作組姊姊：「典型的摩羯座。」

晚上睡前，父子兩人終於又摸到了電話。他們打電話給雲朵，小魚遇到媽媽時，話顯得比平時多一些。

雲朵：『你們今天玩得開不開心？』

小魚：「開心。」

唐一白：呵呵，你剛才可不是這麼說的。

雲朵：『晚飯吃什麼？』

小魚：「魚，還有草。」

雲朵有些疑惑，『怎麼會吃草，唐一白你們這是體驗什麼生活？做乳牛的生活？』

「不是草，是野菜。」唐一白連忙解釋了幾句。他也是一遇到雲朵就話多的屬性，此刻忍不住和老婆甜甜蜜蜜，把兒子晾在一旁。

小魚：「爸爸你真囉嗦。」

噗——雲朵笑出聲。

結束了和雲朵的通話，唐一白問了一個自取其辱的問題：「小魚，我和媽媽你最愛誰？」

「媽媽。」一秒鐘都不猶豫。

「就知道。」唐一白假裝很受傷的樣子，捂著心口倒在床上。過了一會兒他翻身看著小魚，笑道，「不過沒關係，反正我也是最愛你媽媽。」

—全文完—

高寶書版集團
gobooks.com.tw

YH 038
**戀上浪花一朵朵（下）**

作　　者　酒小七
特約編輯　Rei
責任編輯　陳凱筠
封面設計　恬　恙
內頁排版　賴姵均
企　　劃　方慧娟

發 行 人　朱凱蕾
出　　版　英屬維京群島商高寶國際有限公司台灣分公司
Global Group Holdings, Ltd.
地　　址　台北市內湖區洲子街88號3樓
網　　址　gobooks.com.tw
電　　話　(02) 27992788
電　　郵　readers@gobooks.com.tw（讀者服務部）
pr@gobooks.com.tw（公關諮詢部）
傳　　真　出版部(02) 27990909　行銷部 (02) 27993088
郵政劃撥　19394552
戶　　名　英屬維京群島商高寶國際有限公司台灣分公司
發　　行　英屬維京群島商高寶國際有限公司台灣分公司
初　　版　2021年 5 月

文化部部版臺陸字第110031號；許可期間自110年5月25日起至114年6月28日止。
本著作物由北京晉江原創網絡科技有限公司授權出版。

國家圖書館出版品預行編目(CIP)資料

戀上浪花一朵朵 / 酒小七著. -- 初版. -- 臺北市：英屬維京群島商高寶國際有限公司臺灣分公司, 2021.05
面；　公分. --

ISBN 978-986-506-121-0(上冊：平裝). --
ISBN 978-986-506-122-7(中冊：平裝). --
ISBN 978-986-506-123-4(下冊：平裝). --
ISBN 978-986-506-124-1(全套：平裝)

857.7　　110005929

GOBOOKS
& SITAK
GROUP©